DE AGRI CULTURA

DE AGRI CULTURA

Latin Text

by

Cato

First published 160 BC.
Republished 2016 by Cavalier Classics.

PRAEFATIO

Est interdum praestare mercaturis rem quaerere, nisi tam periculosum sit, et item foenerari, si tam honestum. Maiores nostri sic habuerunt et ita in legibus posiverunt: furem dupli condemnari, foeneratorem quadrupli. Quanto peiorem civem existimarint foeneratorem quam furem, hinc licet existimare. Et virum bonum quom laudabant, ita laudabant: bonum agricolam bonumque colonum; amplissime laudari existimabatur qui ita laudabatur. Mercatorem autem strenuum studiosumque rei quaerendae existimo, verum, ut supra dixi, periculosum et calamitosum. At ex agricolis et viri fortissimi et milites strenuissimi gignuntur, maximeque pius quaestus stabilissimusque consequitur minimeque invidiosus, minimeque male cogitantes sunt qui in eo studio occupati sunt. Nunc, ut ad rem redeam, quod promisi institutum principium hoc erit.

1

Praedium quom parare cogitabis, sic in animo habeto: uti ne cupide emas neve opera tua parcas visere et ne satis habeas semel circumire; quotiens ibis, totiens magis placebit quod bonum erit. Vicini quo pacto niteant, id animum advertito: in bona regione bene nitere oportebit. Et uti eo introeas et circumspicias, uti inde exire possis. Uti bonum caelum habeat; ne calamitosum siet; solo bono, sua virtute valeat. Si poteris, sub radice montis siet, in meridiem spectet, loco salubri; operariorum copia siet, bonumque aquarium, oppidum validum prope siet; aut mare aut amnis, qua naves ambulant, aut via bona celerisque. Siet in his agris qui non saepe dominum mutant: qui in his agris praedia vendiderint, eos pigeat vendidisse. Uti bene aedificatum siet. Caveto alienam disciplinam temere contemnas. De domino bono bonoque aedificatore melius emetur. Ad villam cum venies, videto vasa torcula et dolia multane sient: ubi non erunt, scito pro ratione fructum esse. Instrumenti ne magni siet, loco bono siet. Videto quam minimi instrumenti sumptuosusque ager ne siet. Scito idem agrum quod hominem, quamvis quaestuosus siet, si sumptuosus erit, relinqui non multum. Praedium quod primum siet, si me rogabis, sic dicam: de omnibus agris optimoque loco iugera agri centum, vinea est prima, vel si vino multo est; secundo loco hortus irriguus; tertio salictum; quarto oletum; quinto pratum; sexto campus frumentarius; septimo silva caedua; octavo arbustum; nono glandaria silva.

2

Pater familias, ubi ad villam venit, ubi larem familiarem salutavit, fundum eodem die, si potest, circumeat; si non eodem die, at postridie. Ubi cognovit quo modo fundus cultus siet, opera quaeque facta infectaque sient, postridie eius diei vilicum vocet, roget quid operis siet factum, quid restet, satisne temperi opera sient confecta, possitne quae reliqua sient conficere, et quid factum vini, frumenti aliarumque rerum omnium. Ubi ea cognovit, rationem inire oportet operarum, dierum. Si ei opus non apparet, dicit vilicus sedulo se fecisse, servos non valuisse, tempestates malas fuisse, servos aufugisse, opus publicum effecisse. Ubi eas aliasque causas multas dixit, ad rationem operum operarumque revoca. Cum tempestates pluviae fuerint, quae opera per imbrem fieri potuerint: dolia lavari, picari, villam purgari, frumentum transferri, stercus foras efferri, stercilinum fieri, semen purgari, funes sarciri, novos fieri, centones, cuculiones familiam oportuisse sibi sarcire; per ferias potuisse fossas veteres tergeri, viam publicam muniri, vepres recidi, hortum fodiri, pratum purgari, virgas vinciri, spinas runcari, expinsi far, munditias fieri; cum servi aegrotarint, cibaria tanta dari non oportuisse. Ubi cognita aequo animo sient quae reliqua opera sient, curari uti perficiantur. Rationes putare argentariam, frumentariam, pabuli causa quae parata sunt; rationem vinariam, oleariam, quid venerit, quid exactum siet, quid reliquum siet, quid siet quod veneat; quae satis accipiunda sient, satis accipiantur; reliqua quae sient, uti compareant. Si quid desit in annum, uti paretur; quae supersint, uti veneant; quae opus sient locato, locentur; quae opera fieri velit et quae locari velit, uti imperet et ea scripta relinquat. Pecus consideret. Auctionem uti faciat: vendat oleum, si pretium habeat; vinum, frumentum quod supersit, vendat; boves vetulos, armenta delicula, oves deliculas, lanam, pelles, plostrum vetus, ferramenta vetera, servum senem, servum morbosum, et si quid aliud supersit, vendat. Patrem familias vendacem, non emacem esse oportet.

3

Prima adulescentia patrem familiae agrum conserere studere oportet. Aedificare diu cogitare oportet, conserere cogitare non oportet, sed facere oportet. Ubi aetas accessit ad annos XXXVI, tum aedificare oportet, si agrum consitum habeas. Ita aedifices, ne villa fundum quaerat nec fundus villam. Patrem familiae villam rusticam bene aedificatam habere expedit, cellam oleariam, vinariam, dolia multa, uti lubeat caritatem exspectare: et rei et virtuti et gloriae erit. Torcularia bona habere oportet, ut opus bene effici possit. Olea ubi lecta siet, oleum fiat continuo, ne corrumpatur. Cogitato quotannis tempestates magnas venire et oleam deicere solere. Si cito sustuleris et vasa parata erunt, damni nihil erit ex tempestate et oleum viridius et melius fiet. Si in terra et tabulato olea nimium diu erit, putescet, oleum fetidum fiet. Ex quavis olea oleum viridius et bonum fieri potest, si temperi facies. In iugera oleti CXX vasa bina esse oportet, si oletum bonum beneque frequens cultumque erit. Trapetos bonos privos inpares esse oportet, si orbes contriti sient, ut conmutare possis, funes loreos privos, vectes senos, fibulas duodenas, medipontos privos loreos.

Trochileas Graecanicas binis funis sparteis ducunt: orbiculis superioribus octonis, inferioribus senis citius duces; si rotas voles facere, tardius ducetur, sed minore labore.

4

Bubilia bona, bonas praesepis, faliscas clatratas, clatros inesse oportet pede. Si ita feceris, pabulum boves non eicient. Villam urbanam pro copia aedificato.

In bono praedio si bene aedificaveris, bene posiveris, ruri si recte habitaveris, libentius et saepius venies; fundus melis erit, minus peccabitur, fructi plus capies; frons occipitio prior est. Vicinis bonus esto; familiam ne siveris peccare. Si te libenter vicinitas videbit, facilius tua vendes, opera facilius locabis, operarios facilius conduces; si aedificabis, operis, iumentis, materie adiuvabunt; siquid bona salte usus venerit, benigne defendent.

5

Haec erunt vilici officia. Disciplina bona utatur. Feriae serventur. Alieno manum abstineat, sua servet diligenter. Litibus familia supersedeat; siquis quid deliquerit, pro noxa bono modo vindicet. Familiae male ne sit, ne algeat, ne esuriat; opere bene exerceat, facilius malo et alieno prohibebit. Vilicus si nolet male facere, non faciet. Si passus erit, dominus inpune ne sinat esse.

Pro beneficio gratiam referat, ut aliis recte facere libeat. Vilicus ne sit ambulator, sobrius siet semper, ad cenam nequo eat. Familiam exerceat, consideret, quae dominus imperaverit fiant. Ne plus censeat sapere se quam dominum. Amicos domini, eos habeat sibi amicos. Cui iussus siet, auscultet. Rem divinam nisi Conpitalibus in conpito aut in foco ne faciat. Iniussu domini credat nemini: quod dominus crediderit, exigat. Satui semen, cibaria, far, vinum, oleum mutuum dederit nemini. Duas aut tres familias habeat, unde utenda roget et quibus det, praeterea nemini. Rationem cum domino crebro putet. Operarium, mercennarium, politorem diutius eundem ne habeat die. Nequid emisse velit insciente domino, neu quid dominum celavisse velit. Parasitum nequem habeat. Haruspicem, augurem, hariolum, Chaldaeum nequem consuluisse velit. Segetem ne defrudet: nam id infelix est. Opus rusticum omne curet uti sciat facere, et id faciat saepe, dum ne lassus fiat; si fecerit, scibit in mente familiae quid sit, et illi animo aequiore facient. Si hoc faciet, minus libebit ambulare et valebit rectius et dormibit libentius. Primus cubitu surgat, postremus cubitum eat. Prius villam videat clausa uti siet, et uti suo quisque loco cubet et uti iumenta pabulum habeant. Boves maxima diligentia curatos habeto. Bubulcis opsequito partim, quo libentius boves curent. Aratra vomeresque facito uti bonos habeas. Terram cariosam cave ne ares, neve plostrum neve pecus inpellas. Si ita non caveris, quo inpuleris, trienni fructum amittes. Pecori et bubus diligenter substernatur, ungulae curentur. Scabiem pecoris et iumentis caveto; id ex fame et si inpluit fieri solet. opera omnia mature conficias face. Nam res rustica sic est, si unam rem sero feceris, omnia opera sero facies. Stramenta si deerunt, frondem illigneam legito, eam substernito ovibus bubusque. Stercilinum magnum stude ut habeas. Stercus sedulo conserva; cum exportabis, purgato et conminuito; per autumnum evehito. Circum oleas autumnitate ablaqueato et stercus addito. Frondem populneam, ulmeam, querneam caedito per tempus: eam condito non peraridam, pabulum ovibus. Item faenum cordum, sicillimenta de prato, ea arida condito. Post imbrem autumnum rapinam, pabulum lupinumque serito.

6

Agrum quibus locis conseras, sic observari oportet. Ubi ager crassus et laetus est sine arboribus, eum agrum frumentarium esse oportet. Idem ager si nebulosus est, rapa, raphanos, milium, panicum, id maxime seri oportet. In agro crasso et caldo oleam conditivam, radium maiorem, Sallentinam, orcitem, poseam, Sergianam, Colminianam, albicerem, quam earum in iis locis optimam dicent esse, eam maxime serito. Hoc genus oleae in XXV aut in XXX pedes conserito. Ager oleto conserundo, qui in ventum favonium spectabit et soli ostentus erit, alius bonus nullus erit. Qui ager frigidior et macrior erit, ibi oleam Licinianam seri oportet. Si in loco crasso aut calido severis, hostus nequam erit et ferundo arbor peribit et muscus ruber molestus erit. Circum coronas et circum vias ulmos serito et partim populos, uti frondem ovibus et bubus habeas, et materies, siquo opus sit, parata erit. Sicubi in iis locis ripae aut locus umectus erit, ibi cacumina populorum serito et harundinetum. Id hoc modo serito: bipalio vortito, ibi oculos harundinis pedes ternos alium ab alio serito. Ibi corrudam serito, unde asparagi fiant. Nam convenit harundinetum cum corruda, eo quia foditur et incenditur et umbram per tempus habet. Salicem Graecam circum harundinetum serito, uti siet qui vineam alliges.

Vineam quo in agro seri oporteat, sic observato. Qui locus vino optimus dicetur esse et ostentus soli,

Aminnium minusculum et geminum eugeneum, helvolum minusculum conserito. Qui locus crassus erit aut nebulosior, ibi Aminnium maius aut Murgentinum, Apicium, Lucanum serito. Ceterae vites, miscellae maxime, in quemvis agrum conveniunt.

7

Fundum suburbanum arbustum maxime convenit habere; et ligna et virgae venire possunt, et domino erito qui utatur. In eodem fundo suum quidquid conseri oportet; vitem compluria genera Aminnium minusculum et maius et Apicium. Uvae in olla in vinaceis conduntur; eadem in sapa, in musto, in lora recte conduntur. Quas suspendas duracinas Aminnias maiores, vel ad fabrum ferrarium pro passis eae recte servantur. Poma, mala strutea, cotonea Scantiana, Quiriniana, item alia conditiva, mala mustea et Punica (eo lotium suillum aut stercus ad radicem addere oportet, uti pabulum malorum fiat), pira volaema, Aniciana sementiva (haec conditiva in sapa bona erunt), Tarentina, mustea, cucurbitiva, item alia genera quam plurima serito aut inserito. Oleas orcites, posias; eae optime conduntur vel virides in muria vel in lentisco contusae, vel orcites ubi nigrae erunt et siccae, sale confriato dies V; postea salem excutito, in sole ponito biduum, vel sine sale in defrutum condito. Sorba in sapa condere vel siccare; arida facias. Item pira facias.

8

Ficos Marsicas in loco cretoso et aperto serito; Africanas et herculaneas, Sacontinas, hibernas, Tellanas atras pediculo longo, eas in loco crassiore aut stercorato serito. Pratum si inrigivum habebis, si non erit siccum, ne faenum desiet, summitto. Sub urbe hortum omne genus, coronamenta omne genus, bulbos Megaricos, murtum coniugulum et album et nigrum, loream Delphicam et Cypriam et silvaticam, nuces calvas, Abellanas, Praenestinas, Graecas, haec facito uti serantur. Fundum suburbanum, et qui eum fundum solum habebit, ita paret itaque conserat, uti quam sollertissimum habeat.

9

Salicta locis aquosis, umectis, umbrosis, propter amnes ibi seri oportet; et id video uti aut domino opus siet aut ut vendere possit. Prata inrigiva, si aquam habebis, id potissimum facito; si aquam non habebis, sicca quam plurima facito. Hoc est praedium quod ubi vis expedit facere.

10

Quo modo oletum agri iugera CCXL instruere oporteat. Vilicum, vilicam, operarios quinque, bubulcos III, asinarium I, subulcum I, opilionem I, summa homines XIII;

boves trinos, asinos ornatos clitellarios qui stercus vectent tris, asinum molarium I, oves C; vasa olearia instructa iuga V, ahenum quod capiat Q. XXX, operculum aheni, uncos ferreos III, urceos aquarios III, infidibula II, ahenum quod capiat Q. V, operculum aheni, uncos III, labellum pollulum I, amphoras olearias II, urnam quinquagenariam unam, trullas tris, situlum aquarium I, pelvim I, matellionem I, trullium I, scutriscum I, matellam I, nassiternam I, trullam I, candelabrum I, sextarium I; plostra maiora III, aratra cum vomeribus VI, iuga cum loris ornata III, ornamenta bubus VI; irpicem I, crates stercerarias IIII, sirpeas stercerarias III, semuncias III, instrata asinis III; ferramenta: ferreas VIII, sarcula VIII, palas IIII, rutra V, rastros quadridentes II, falces faenarias VIII, stramentarias V, arborarias V, securis III, cuneos III, fistulam ferrariam I, forcipis II, rutabulum I, foculos II; dolia olearia C, labra XII, dolia quo vinacios condat X, amurcaria X, vinaria X, frumentaria XX, labrum lupinarium I, serias X, labrum eluacrum I, solium I, labra aquaria II, opercula doliis seriis priva; molas asinarias unas et trusatilis unas, Hispaniensis unas, molilia III, abacum I, orbes aheneos II, mensas II, scamna magna III, scamnum in cubiculo I, lectos loris subtentos IIII et lectos III; pilam ligneam I, fullonicam I, telam togalem I, pilas II, pilum fabrarium I, farrearium I, seminarium I, qui nucleos succernat I, modium I, semodium I; culcitas VIII, instragula VIII, pulvinos XVI, operimenta X, mappas III, centones pueris VI.

11

Quo modo vineae iugera C instruere oporteat. Vilicum, vilicam, operarios X, bubulcum I, asinarium I, salictarium I, subulcum I, summa homines XVI; boves II, asinos plostrarios II, asinum molarium I; vasa torcula instructa III, dolia ubi quinque vindemiae esse possint culeum DCCC, dolia ubi vinaceos condat XX, frumentaria XX, opercula doliorum et tectaria priva, urnas sparteas VI, amphoras sparteas IIII, infidibula II, cola vitilia III, colia qui florem demat III, urceos mustarios X; plostra II, aratra II, iugum plostrarium I, iugum vinarium I, iugum asinarium I, orbem aheneum I, molile I; ahenum quod capiat culleum I, operculum aheni I, uncos ferreos III, ahenum coculum quod capiat culleum I, urceos aquarios II, nassiternam I, pelvim I, matellionem I, trulleum I, situlum aquarium I, scutriscum I, trullam I, candelabrum I, matellam I, lectos IIII, scamnum I, mensas II, abacum I, arcam vestiariam I, armarium promptarium I, scamna longa VI, rotam aquariam I, modium praeferratum I, semodium I, labrum eluacrum I, solium I, labrum lupinarium I, serias X; ornamenta bubus II, ornamenta asinis instrata III, semuncias III, sportas faecarias III, molas asinarias III, molas trusatilis unas; ferramenta: falces sirpiculas V, falces silvaticas VI, arborarias III, secures V, cuneos IIII, vomeres II, ferreas X, palas VI, rutra IV, rastros quadridentes II, crates stercorarias IV, sirpiam stercorariam I, falculas viniaticas XL, falculas rustarias X, foculos II, forcipes II, rutabulum I, corbulas Amerinas XX, quala sataria vel alveos XL, palas ligneas XL, luntris II, culcitas IIII, instragula IIII, pulvinos VI, operimenta VI, mappas III, centones pueris VI.

12

In torcularium quae opus sunt. Vasis quinis prela temperata V, supervacanea III, suculas V, supervacaneam I, funes loreos V, subductarios V, melipontos V, trochileas X, capistra V, asserculas ubi prela sita sinet V, serias III, vectes XL, fibulas XL, constibilis ligneas, qui arbores conprimat, si dishiascent, et cuneos VI, trapetos V, cupas minusculas X, alveos X, palas ligneas X, rutra ferrea V.

13

In torcularium in usu quod opus est. Urceum unum, ahenum quod capiat Q. V, uncos ferreos III, orbem aheneum I, molas, cribrum I, incerniculum I, securim I, scamnum I, seriam vinariam unam, clavem torculari I, lectum stratum ubi duo custodes liberi cubent (tertius servus una cum factoribus uti cubet), fiscinas novas, veteres, epidromum I, pulvinum I, lucernas, corium I, craticulas duas, carnarium I, scalas unas.

In cellam oleariam haec opus sunt. Dolia olearia, opercula, labra olearia XIIII, concas maioris II et minoris II, trullas aheneas tris, amphoras olearias II, urceum aquarium unum, urnam quinquagenariam I, sextarium olearium I, labellum I, infidibula II, spongeas II, urceos fictiles II, urnales II, trullas ligneas II, claves cum clostris in cellas II, trutinam I, centumpondium I, et pondera cetera.

14

Villam aedificandam si locabis novam ab solo, faber haec faciat oportet. Parietes omnes, uti iussitur, calce et caementis, pilas ex lapide angulari, tigna omnia, quae opus sunt, limina, postes, iugumenta, asseres, fulmentas, praesepis bubus hibernas aestivas faliscas, equile, cellas familiae, carnaria III, orbem, ahenea II, haras X, focum, ianuam maximam et alternam quam volet dominus, fenestras, clatros in fenestras maioris bipedis X, luminaria VI, scamna III, sellas V, telas togalis II, paullulam pilam ubi triticum pinsat I, fulloniam I, antepagmenta, vasa torcula II. Hae rei materiem et quae opus sunt dominus praebebit et ad opus dabit, serram I, lineam I (materiem dumtaxat succidet, dolabit, secabit facietque conductor), lapidem, calcem, harenam, aquam, paleas, terram unde lutum fiat. Si de caelo villa tacta siet, de ea re verba uti fiant. Huic operi pretium ab domino bono, quae bene praebeat quae opus sunt et nummos fide bona solvat, in tegulas singulas II S. Tectum sic numerabitur: tegula integra quae erit, unde quarta pars abierit, duae pro una, conciliares quae erunt pro binis putabuntur; vallus quot erunt, in singulas quaternae numerabuntur.

Villa lapide calce. Fundamenta supra terram pede, ceteros parietes ex latere, iugumenta et antepagmenta quae opus erunt indito. Cetera lex uti villae ex calce caementis. Pretium in tegulas singulas II S. Loco salubri bono domino haec quae supra pretia posita sunt: ex signo manipretium erit. Loco pestilenti, ubi aestate fieri non potest, bono domino pars quarta preti accedat.

15

Macerias ex calce caementis silice. Uti dominus omnia ad opus praebeat, altam P. V et columen P. I, crassam P. I S, longam P. XIV, et uti sublinat locari oportet. Parietes villae si locet in P. C, id est P. X quoquo versum, libellis in ped. V et perticam I P. VIC. N. X. Sesquipedalem parietem dominus fundamenta faciat et ad opus praebeat calcis in P. singulos in longitudinem modium unum, harenae modios duos.

16

Calcem partiario coquendam qui dant, ita datur. Perficit et coquit et ex fornace calcem eximit calcarius et ligna conficit ad fornacem. Dominus lapidem, ligna ad fornacem, quod opus siet, praebet.

17

Robus materies item ridica, ubi solstitium fuerit ad brumam semper tempestiva est. Cetera materies quae semen habet, cum semen maturum habet, tum tempestiva est.

Quae materies semen non habet, cum glubebit, tum tempestiva est. Pinus eo, quia semen viride et maturum habet (id semen de cupresso, de pino quidvis anni legere possis), item quidvis anni matura est et tempestiva. Ibidem sunt nuces bimae, inde semen excidet, et anniculae, eae ubi primum incipiunt maturae esse, postea usque adeo sunt plus menses VIII. Hornotinae nuces virides sunt. Ulmus, cum folia cadunt, tum iterum tempestiva est.

18

Torcularium si aedificare voles quadrinis vasis, uti contra ora sient, ad hunc modum vasa conponito. Arbores crassas P. II, altas P. VIIII cum cardinibus, foramina longa P. III S exsculpta digit. VI, ab solo foramen primum P. I S, inter arbores et parietes P. II, in II arbores P. I, arbores ad stipitem primum derectas P. XVI, stipites crassos P. II, altos cum cardinibus P. X. suculam praeter cardines P. VIIII, prelum longum P. XXV, inibi lingulam P. II S, pavimentum binis vasis cum canalibus duabus P: XXX, IIII trapetibus locum dextra sinistra pavimentum P. XX, inter binos stipites vectibus locum P. XXII, alteris vasis exadversum ab stipite extremo ad parietem qui pone arbores est P. XX; summa torculario vasis quadrinis latitudine P: LXVI, longitudine P: LII. Inter parietes, arbores ubi statues, fundamenta bona facito alta P. V, inibi lapides silices, totum forum longum P. V, latum P. II S, crassum P. I S. Ibi foramen pedicinis duobus facito, ibi arbores pedicino in lapide statuito. Inter suas arbores quod loci supererit robore expleto, eo plumbum infundito. Superiorem partem arborum digitos VI altam facito siet, eo capitulum robustum indito, uti siet stipites ubi stent. Fundamenta P. V facito, ibi silicem longum P. II S, latum P. II S, crassum P. I S planum statuito, ibi stipites statuito. Item alterum stipitem statuito. Insuper arbores stipitesque trabem planam inponito latam P. II, crassam P: I, longam P. XXXVII, vel duplices indito, si solidas non habebis. Sub eas trabes inter canalis et parietes extremos, ubi trapeti stent, trabeculam pedum XXIII S inponito sesquipedalem, aut binas pro singulis eo supponito. In iis trabeculis trabes, quae insuper arbores stipites stant, conlocato; in iis tignis parietes exstruito iungitoque materiae, uti oneris satis habeat. Aram ubi facies, pedes V fundamenta alta facito, lata P. VI, aram et canalem rutundam facito latam P. IIII S, ceterum pavimentum totum fundamenta P. II facito. Fundamenta primum festucato, postea caementis minutis et calce harenato semipedem unum quodque corium struito. Pavimenta ad hunc modum facito: ubi libraveris, de glarea et calce harenato primum corium facito, id pilis subigito, idem alterum corium facito; eo calcem cribro subcretam indito alte digitos duo, ibi de testa arida pavimentum struito; ubi structum erit, pavito fricatoque, uti pavimentum bonum siet. Arbores stipites robustas facito aut pineas.

Si trabes minores facere voles, canalis extra columnam expolito. Si ita feceris, trabes P. XXII longae opus erunt. Orbem olearium latum P. IIII Punicanis coagmentis facito, crassum digitos VI facito, subscudes iligneas adindito. Eas ubi confixeris, clavis corneis occludito. In eum orbem tris catenas indito. Eas catenas cum orbi clavis ferreis corrigito. Orbem ex ulmo aut ex corylo facito: si utrumque habebis, alternas indito.

19

In vasa vinaria stipites arboresque binis pedibus altiores facito, supra foramina arborum, pedem quaeque uti absiet, unae fibulae locum facito. Semipedem quoquo versum in suculam sena foramina indito. Foramen quod primum facies semipedem ab cardine facito, cetera dividito quam rectissime. Porculum in media sucula facito. Inter arbores medium quod erit, id ad mediam conlibrato, ubi porculum figere oportebit, uti in medio prelum recte situm siet. Lingulam cum facies, de medio prelo conlibrato, ut inter arbores bene conveniat, digitum pollicem laxamenti facito. Vectes longissimos P. XIIX, secundos P. XVI, tertios P. XV, remissarios P. XII, alteros P. X, tertios P. VIII.

20

Trapetum quo modo concinnare oporteat. Columellam ferream, quae in miliario stat, eam rectam stare oportet in medio ad perpendiculum, cuneis salignis circumfigi oportet bene, eo plumbum effundere, caveat ni labet columella. Si movebitur, eximito; denuo eodem modo facito, ne se moveat. Modiolos in orbis oleagineos ex orcite olea facito, eos circumplumbato, caveto ne laxi sient. In cupam eos indito. Cunicas solidas latas digitum pollicem facito, labeam bifariam faciat habeant, quas figat clavis duplicibus, ne cadant.

21

Cupam facito P. X, tam crassam quam modioli postulabunt, media inter orbis quae conveniant. Crassam quam columella ferrea erit, eam mediam pertundito, uti columellam indere possis. Eo fistulam ferream indito, quae in columellam conveniat et in cupam. Inter cupam dextra sinistra pertundito late digitos primoris IIII, alte digitos primoris III, sub cupa tabulam ferream, quam lata cupa media erit, pertusam figito, quae in columellam conveniat. Dextra sinistra, foramina ubi feceris, lamnis circumplectito. Replicato in inferiorem partem cupae omnis quattuor lamminas; utrimque secus lamminas sub lamminas pollulas minutas supponito, eas inter sese configito, ne foramina maiora fiant, quo cupulae minusculae indentur. Cupa qua fini in modiolos erit, utrimque secus imbricibus ferreis quattuor de suo sibi utrimque secus facito qui figas. Imbrices medias clavulis figito. Supra imbrices extrinsecus cupam pertundito, qua clavus eat, qui orbem cludat. Insuper foramen ferreum digitos sex latum indito, pertusum utrimque secus, qua clavus eat. Haec omnia eius rie causa fiunt, uti ne cupa in lapide conteratur. Armillas IIII facito, quas circum orbem indas, ne cupa et clavus conterantur intrinsecus. Cupam materia ulmea aut faginea facito. Ferrum factum quod opus erit uti idem faber figat; HS LX opus sunt. Plumbum in cupam emito HS IIII. Cupam qui concinnet et modiolos qui indat et plumbet, operas fabri dumtaxat HS VIII; idem trapetum oportet accommodet. Summa sumpti HS LXXII praeter adiutores.

22

Trapetum hoc modo accommodare oportet. Librator uti statuatur pariter ab labris. Digitum minimum orbem abesse oportet ab solo mortari. Orbes cavere oportet nequid mortarium terant. Inter orbem et miliarium unum digitum interesse oportet. Si plus intererit atque orbes nimium aberunt, funi circumligato miliarium arte crebro, uti expleas quod nimium interest. Si orbes altiores erunt atque nimium mortarium deorsom teret, orbiculos ligneos pertusos in miliarium in columella supponito, eo altitudinem temperato. Eodem modo latitudinem orbiculis ligneis aut armillis ferreis temperato, usque dum recte temperabitur. Trapetus emptus est in Suessano HS CCCC et olei P. L. Conposturae HS LX; vecturam boum, operas VI, homines VI cum bubulcis HS LXXII; cupam ornatam HS LXXII, pro oleo HS XXV; S. S. HS DCXXVIIII. Pompeis emptus ornatus HS

CCCXXCIIII; vecturam HS CCXXC; domi melius concinnatur et accommodatur, eo sumpti opus est HS LX: S. S. HS DCCXXIIII. Si orbes in veteres trapetos parabis, medios crassos P. I digitos III, altos P. I, foramen semipedem quoquo vorsum. Eos cum advexeris, ex trapeto temperato. Ii emuntur ad Rufri macerias HS CXXC, temperantur HS XXX. Tantidem Pompeis emitur.

23

Fac ad vindemiam quae opus sunt ut parentur. Vasa laventur, corbulae sarciantur, picentur, dolia quae opus sunt picentur, quom pluet; quala parentur, sarciantur, far molatur, menae emantur, oleae caducae saliantur. Uvas miscellas, vinum praeligneum quod operarii bibant, ubi tempus erit, legito. Siccum puriter omnium dierum pariter in dolia dividito. Si opus erit, defrutum indito in mustum de musto lixivo coctum, partem quadragesimam addito defruti vel salis sesquilibram in culleum. Marmor si indes, in culleum libram indito; id indito in urnam, misceto cum musto; id indito in doleum. Resinam si indes, in culleum musti P. III, bene comminuito, indito in fiscellam et facito uti in doleo musti pendeat; eam quassato crebro, uti resina condeliquescat. Ubi indideris defrutum aut marmor aut resinam, dies XX permisceto crebro, tribulato cotidie. Tortivum mustum circumcidaneum suo cuique dolio dividito additoque pariter.

24

Vinum Graecum hoc modo fieri oportet. Uvas Apicias percoctas bene legito. Ubi delegeris, is eius musti culleum aquae marinae veteris Q. II indito vel salis puri modium; eum in fiscella suspendito sinitoque cum musto distabescat. Si helvolum vinum facere voles, dimidium helvoli, dimidium Apicii vini indito, defruti veteris partem tricesimam addito. Quidquid vini defrutabis, partem tricesimam defruti addito.

25

Quom vinum coctum erit et quom legetur, facito uti servetur familiae primum suisque facitoque studeas bene percoctum siccumque legere, ne vinum nomen perdat. Vinaceos cotidie recentis succernito lecto restibus subtento, vel cribrum illi rei parato. Eos conculcato in dolia picata vel in lacum vinarium picatum. Id bene iubeto oblini, quod des bubus per hiemem. Indidem, si voles, lavito paulatim. Erit lora familiae quod bibat.

26

Vindemia facta vasa torcula, corbulas, fiscinas, funis, patibula, fibulas iubeto quidquid suo loco condi. Dolia cum vino bis in die fac extergeantur, privasque scopulas in dolia facito habeas illi rei, qui labra doliorum circumfrices. Ubi erit lectum dies triginta, si bene dacinata erunt, dolia oblinito, Si voles de faece demere vinum, tum erit ei rei optimum tempus.

27

Sementim facito, ocinum, viciam, faenum Graecum, fabam, ervum, pabulum bubus. Alteram et tertiam pabuli sationem facito. Deinde alias fruges serito. Scrobes in vervacto oleis, ulmis, vitibus, ficis; simul cum semine serito. Si erit locus siccus, tum oleas per sementim serito, et quae ante satae erunt, teneras tum supputato et arbores ablaqueato.

28

Oleas, ulmos, ficos, poma, vites, pinos, cupressos cum seres, bene cum radicibus eximito cum terra sua quam plurima circumligatoque, uti ferre possis; in alveo aut in corbula ferri iubeto. Caveto, quom ventus siet aut imber, effodias aut feras; nam id maxime cavendum est. In scrobe quom pones, summam terram subdito; postea operito terra radicibus fini, deinde calcato pedibus bene, deinde festucis vectibusque calcato quam optime poteris; id erit ei rei primum. Arbores crassiores digitis V quae erunt, eas praecisas serito oblinitoque fimo summas et foliis alligato.

29

Stercus dividito sic. Partem dimidiam in segetem, ubi pabulum seras, et si ibi olea erit, simul ablaqueato stercusque addito: postea pabulum serito. Partem quartam circum oleas ablaqueatas, quom maxime opus erit, addito terraque stercus operito. Alteram quartam partem in pratum reservato idque, quom maxime opus erit, ubi favonius flabit, evehito luna silenti.

30

Bubus frondem ulmeam, populneam, querneam, ficulneam, usque dum habebis, dato. Ovibus frondem viridem, usque dum habebis, praebeto; ubi sementim facturus eris, ibi oves delectato; et frondem usque ad pabula matura. Pabulum aridum quod condideris in hiemem quam maxime conservato, cogitatoque hiemis quam longa siet.

31

Ad oleam cogendam quae opus erunt parentur. Vimina matura, salix per tempus legatur, uti sit unde corbulae fiant et veteres sarciantur. Fibulae unde fiant, aridae iligneae, ulmeae, nuceae, ficulneae, fac in stercus aut in aquam coniciantur; inde, ubi opus erit, fibulas facito. Vectes iligneos, acrufolios, laureos, ulmeos facito uti sient parati. Prelum ex carpino atra potissimum facito. Ulmeam, pineam, nuceam, hanc atque aliam materiem omnem cum effodies, luna decrescente eximito post meridiem sine vento austro. Tum erit tempestiva, cum semen suum maturum erit, cavetoque per rorem trahas aut doles. Quae materies semen non habebit, cum glubebit, tempestiva erit. Vento austro caveto nequam materiam neve vinum tractes nisi necessario.

32

Vineas arboresque matura face incipias putare. Vites propages in sulcos; susum vorsum, quod eius facere poteris, vitis facito uti ducas. Arbores hoc modo putentur, rami uti divaricentur, quos relinques, et uti recte caedantur et ne nimium crebri relinquantur. Vites bene nodentur; per omnes ramos diligenter caveto ne vitem praecipites et ne nimium praestringas. Arbores facito uti bene maritae sint vitesque uti satis multae adserantur et, sicubi opus erit, de arbore deiciantur, uti in terram deprimantur, et biennio post praecidito veteres.

33

Viniam sic facito uti curetur. Vitem bene nodatam deligato recte, fluxuosa uti ne sit, susum vorsum semper ducito, quod eius poteris. Vinarios custodesque recte relinquito. Quam altissimam viniam facito alligatoque recte, dum ne nimium constringas. Hoc modo eam curato. Capita vitium per sementiam ablaqueato. Vineam putatam circumfodito, arare incipito, ultro citroque sulcos perpetuos ducito. Vites teneras quam primum propagato, sic occato; veteres quam minimum castrato, potius, si opus erit, deicito biennioque post praecidito. Vitem novellam resicari tum erit tempus, ubi valebit. Si vinea a vite calva erit, sulcos interponito ibique viveradicem serito, umbram ab sulcis removeto crebroque fodito. In vinea vetere serito ocinum, si macra erit (quod granum capiat ne serito), et circum capita addito stercus, paleas, vinaceas, aliquid horum, quo rectius valeat. Ubi vinea frondere coeperit, pampinato. Vineas novellas alligato crebro, ne caules praefringantur, et quae iam in perticam ibit, eius pampinos teneros alligato leviter corrigitoque, uti recte spectent. Ubi uva varia fieri coperit, vites subligato, pampinato uvasque expellito, circum capita sarito. Salictum suo tempore caedito, glubito arteque alligato. Librum conservato, cum opus erit in vinea, ex eo in aquam coicito, alligato. Viminae, unde corbulae fiant, conservato.

34

Redeo ad sementim. Ubi quisque locus frigidissimus aquosissimusque erit, ibi primum serito. In caldissimis locis sementim postremum fieri oportet. Terram cave cariosam tractes. Ager rubicosus et terra pulla, materina, rudecta, harenosa, item quae aquosa non erit, ibi lupinum bonum fiet. In creta et uligine et rubrica et ager qui aquosus erit, semen adoreum potissimum serito. Quae loca sicca et non herbosa erunt, aperta ab umbra, ibi triticum serito.

35

Fabam in locis validis non calamitosis serito. Viciam et faenum Graecum quam minime herbosis locis serito. Siliginem, triticum in loco aperto celso, ubi sol quam diutissime siet, seri oportet. Lentim in rudecto et rubricoso loco, qui herbosus non siet, serito. Hordeum, qui locus novus erit aut qui restibilis fieri poterit, serito. Trimestre, quo in loco sementim maturam facere non potueris et qui locus restibilis crassitudine fieri poterit, serri oportet. Rapinam et coles rapicii unde fiant et raphanum in loco stercorato bene aut in loco crasso serito.

36

Quae segetem stercorent. Stercus columbinum spargere oportet in pratum vel in hortum vel in segetem. Caprinum, ovillum, bubulum, item ceterum stercus omne sedulo conservato. Amurcam spargas vel inriges ad arbores; circum capita maiora amphoras, ad minora urnas cum aquae dimidio addito, ablaqueato prius non alte.

37

Quae mala in segete sint. Si cariosam terram tractes. Cicer, quod vellitur et quod salsum est, eo malum est.

Hordeum, faenum Graecum, ervum, haec omnia segetem exsugunt et omnia quae vellentur. Nucleos in segetem ne indideris.

Quae segetem stercorent fruges: lupinum, faba, vicia. Stercus unde facias: stramenta, lupinum, paleas, fabalia, acus, frondem iligneam, querneam. Ex segeti vellito ebulum, cicutam et circum salicta herbam altam uvamque; eam substernito ovibus bubusque, frondem putidam. Partem de nucleis succernito et in lacum coicito, eo aquam addito, permisceto rutro bene; inde lutum circum oleas ablaqueatas addito, nucleos conbustos item addito. Vitis si macra erit, sarmenta sua concidito minute et ibidem inarato aut infodito. Per hiemem lucubratione haec facito: ridicas et palos, quos pridie in tecto posueris, siccos dolato, faculas facito, stercus egerito. Nisi intermestri lunaque dimidiata tum ne tangas materiem. Quam effodies aut praecides abs terra, diebus VII proximis, quibus luna plena fuerit, optime eximetur. Omnino caveto nequam materiem doles neu caedas neu tangas, si potes, nisi siccam neu gelidam neu rorulentam. Frumenta face bis sarias runcesque avenamque destringas. De vinea et arboribus putatis sarmenta degere et fascinam face et vitis et ligna in cacuminum ficulna et codicillos domino in acervum conpone.

38

Fornacem calcariam pedes latam X facito, altam pedes XX, usque ad pedes tres summam latam redigito. Si uno praefurnio coques, lacunam intus magnam facito, uti satis siet ubi cinerem concipiat, ne foras sit educendus. Fornacemque bene struito; facito fortax totam fornacem infimam conplectatur. Si duobus praefurniis coques, lacuna nihil opus erit. Cum cinere eruto opus erit, altero praefurnio eruito, in altero ignis erit. Ignem caveto ne intermittas quin semper siet, neve noctu neve ullo tempore intermittatur caveto. Lapidem bonum in fornacem quam candidissimum, quam minime varium indito. Cum fornacem facies, fauces praecipites deorsum facito. Ubi satis foderis, tum fornaci locum facito, uti quam altissima et quam minime ventosa siet. Si parum altam fornacem habebis ubi facias, latere summam statuito aut caementis cum luto summam extrinsecus oblinito. Cum ignem subdideris, siquam flamma exibit nisi per orbem summum, luto oblinito. Ventus ad praefurnium caveto ne accedat: inibi austrum caveto maxime. Hoc signi erit, ubi calx cocta erit, summos lapides coctos esse oportebit; item infimi lapides cocti cadent, et flamma minus fumosa exibit.

Si ligna et virgas non poteris vendere neque lapidem habebis, unde calcem coquas, de lignis carboreas coquito, virgas et sarmenta, quae tibi ustioni supererunt, in segete conburito. Ubi conbusseris, ibi papaver serito.

39

Ubi tempestates malae erunt, cum opus fieri non poterit, stercus in stercilinum egerito. Bubile, ovile, cohortem, villam bene purgato. Dolia plumbo vincito vel materie quernea vere sicca alligato. Si bene sarseris aut bene alligaveris et in rimas medicamentum indideris beneque picaveris, quodvis dolium vinarium facere poteris. Medicamentum in dolium hoc modo facito: cerae P. I, resinae P. I, sulpuris P. C' C'. Haec omnia in calicem novum indito, eo addito gypsum contritum, uti crassitudo fiat quasi emplastrum, eo dolia sarcito. Ubi sarseris, qui colorem eundem facias, cretae crudae partes duas, calcis tertiam conmisceto; inde laterculos facito, coquito in fornace, eum conterito idque inducito.

Per imbrem in villa quaerito quid fieri possit. Ne cessetur, munditias facito. Cogitato, si nihil fiet, nihilo minus sumptum futurum.

40

Per ver haec fieri oportet. Sulcos et scrobes fieri, seminariis, vitariis locum verti, vites propagari, in locis crassis et umectis ulmos, ficos, poma, oleas seri oportet. Ficos, olea, mala, pira, vites inseri oportet luna silenti post meridiem sine vento austro. Oleas, ficos, pira, mala hoc modo inserito. Quem ramum insiturus eris, praecidito, inclinato aliquantum, ut aqua defluat; cum praecides, caveto ne librum convellas. Sumito tibi surculum durum, eum praeacuito, salicem Graecum discindito. Argillam vel cretam coaddito, harenae paululum et fimum bubulum, haec una bene condepsito, quam maxime uti lentum fiat. Capito tibi scissam salicem, ea stirpem praecisum circumligato, ne liber frangatur. Ubi id feceris, surculum praeacutum inter librum et stirpem artito primoris digitos II. Postea capito tibi surculum, quod genus inserere voles, eum primorem praeacuito oblicum primoris digitos II. Surculum aridum, quem artiveris, eximito, eo artito surculum, quem inserere voles. Librum ac librum vorsum facito, artito usque adeo, quo praeacueris. Idem alterum surculum, tertium, quartum facito; quot genera voles, tot indito. Salicem Graecam amplius circumligato, luto depsto stirpem oblinito digitos crassum tres. Insuper lingua bubula obtegito, si pluat, ne aqua in librum permanet. Eam linguam insuper libro alligato, ne cadat. Postea stramentis circumdato alligatoque, ne gelus noceat.

41

Vitis insitio una est per ver, altera est cum uva floret, ea optuma est. Pirorum ac malorum insitio per ver et per solstitium dies L et per vindemiam. Oleae et ficorum insitio est per ver. Vitem sic inserito: praecidito quam inseres, eam mediam diffindito per medullam; eo surculos praeacutos artito; quos inseres, medullam cum medulla conponito. Altera insitio est: si vitis vitem continget, utriusque vitem teneram praeacuito, obliquo inter sese medullam cum medulla libro conligato. Tertia insitio est: terebra vitem quam inseres pertundito, eo duos suculos vitigineos, quod genus esse voles, insectos obliquos artito ad medullam; facito iis medullam cum medulla coniungas artitoque ea qua terebraveris alterum ex altera parte. Eos surculos facito sint longi pedes binos, eos in terram demittito replicatoque ad vitis caput, medias vitis vinclis in terram defigito terraque operito. Haec omnia luto depsto oblinito, alligato integitoque ad eundem modum, tamquam oleas.

42

Ficos et oleas altero modo. Quod genus aut ficum aut oleam esse voles, inde librum scalptro eximito, alterum librum cum gemma de eo fico, quod genus esse voles, eximito, adponito in eum locum unde exicaveris in alterum genus facitoque uti conveniat. Librum longum facito digitos III S, latum digitos III. Ad eundem modum oblinito, integito, uti cetera.

43

Sulcos, si locus aquosus erit, alveatos esse oportet, latos summos pedes tres, altos pedes quattuor, infimum latum P. I et palmum. Eos lapide consternito; si lapis non erit, perticis saligneis viridibus controversus conlatis consternito; si pertica non erit, sarmentis conligatis. Postea scrobes facito altos P. III S, latos P. IIII, et facito de scrobe aqua in sulcum defluat: ita oleas serito. Vitibus sulcos et propagines ne minus P. II S quoquo versus facito. Si voles vinea cito crescat et olea, quam severis, semel in mense sulcos et circum capita oleaginea quot mensibus, usque donec trimae erunt, fodere oportet. Eodem modo ceteras arbores procurato.

44

Olivetum diebus XV ante aequinoctium vernum incipito putare. Ex eo die dies XLV recte putabis. Id hoc modo putato. Qua locus recte ferax erit, quae arida erunt, et siquid ventus interfregerit, ea omnia eximito. Qua locus ferax non erit, id plus concidito aratoque. Bene enodato stripesque levis facito.

45

Taleas oleagineas, quas in scrobe saturis eris tripedaneas decidito diligenterque tractato, ne liber laboret, cum dolabis aut secabis. Quas in seminario saturus eris, pedalis facito, eas sic inserito. Locus bipalio subactus siet beneque terra tenera siet beneque glittus siet. Cum taleam demittes, pede taleam opprimito. Si parum descendet, malleo aut mateola adigito cavetoque ne librum scindas, cum adiges. Palo prius locum ne feceris, quo taleam demittas. Si ita severis uti stet talea, melius vivet. Taleae ubi trimae sunt, tum denique maturae sunt, ubi liber sese vertet. Si in scrobibus aut in sulcis seres, ternas taleas ponito easque divaricato, supra terram ne plus IIII digitos transvorsos emineant; vel oculos serito.

46

Seminarium ad hunc modum facito. Locum quam optimum et apertissimum et stercorosissimum poteris et quam simillimum genus terrae eae, ubi semina positurus eris, et uti ne nimis longe semina ex seminario ferantur, eum locum bipalio vertito, delapidato circumque saepito bene et in ordine serito. In sesquipedem quoquo vorsum taleam demittito opprimitoque pede. Si parum deprimere poteris, malleo aut mateola adigito. Digitum supra terram facito semina emineant fimoque bubulo summam taleam oblinito signumque aput taleam adponito crebroque sarito, si voles cito semina crescant. Ad eundem modum alia semina serito.

47

Harundinem sic serito: ternos pedes oculos disponito. Vitiarium eodem modo facito seritoque. Ubi vitis bima erit, resicato; ubi trima erit, eximito. Si pecus pascetur, ubi vitem serere voles, ter prius resicato, quam in arborem ponas. Ubi V nodos veteres habebit, tum ad arborem ponito. Quotannis porrinam serito, quotannis habebis quo eximas.

48

Pomarium seminarium ad eundem modum atque oleagineum facito. Suum quidquid genus talearum serito. Semen cupressi ubi seres, bipalio vertito. Vere primo serito. Porcas pedes quinos latas facito, eo stercus minutum addito, consarito glebasque conminuito. Porcam planam facito, paulum concavam. Tum semen serito crebrum tamquam linum, eo terram cribro incernito altam digitum transversum. Eam terram tabula aut pedibus conplanato, furcas circum offigito, eo perticas intendito, eo sarmenta aut cratis ficarias inponito, quae frigus defendant et solem. Uti subtus homo ambulare possit facito. Crebro runcato. Simul herbae inceperint nasci, eximito. Nam si herbam duram velles, cupressos simul evelles.

49

Vineam veterem si in alium locum transferre voles, dumtaxat brachium crassam licebit. Primum deputato, binas gemmas ne amplius relinquito. Ex radicibus bene exfodito, usque radices persequito et caveto ne radices saucies. Ita uti fuerit, ponito in scrobe aut in sulco operitoque et bene occulcato, eodemque modo vineam statuito, alligato flexatoque, uti fuerit, crebroque fodito.

50

Prata primo vere stercorato luna silenti. Quae inrigiva non erunt, ubi favonius flare coeperit, cum prata defendes, depurgato herbasque malas omnis radicitus effodito. Ubi vineam deputaveris, acervum lignorum virgarumque facito. Ficos interputato et in vinea ficos subradito alte, ne eas vitis scandat. Seminaria facito et vetera resarcito. Haec facito, antequam vineam fodere incipias. Ubi daps profanata comestaque erit, verno arare incipito. Ea loca primum arato, quae siccissima erunt, et quae crassissima et aquosissima erunt, ea postremum arato, dum ne prius obdurescant.

51

Propagatio pomorum, aliarum arborum. Ab arbore abs terra pulli qui nascentur, eos in terram deprimito extollitoque primorem partem, uti radicem capiat; inde biennio post effodito seritoque. Ficum, oleam, malum Punicum, cotoneum aliaque mala omnia, laurum, murtum, nuces Praenestinas, platanum, haec omnia a capite propagari eximique serique eodem modo oportet.

52

Quae diligentius propagari voles, in aullas aut in qualos pertusos propagari oportet et cum iis in scrobem deferri oportet. In arboribus, uti radices capiant, calicem pertundito; per fundum aut qualum ramum, quem radicem capere voles, traicito; eum qualum aut calicem terra inpleto calcatoque bene, in arbore relinquito. Ubi bimum fuerit, ramum sub qualo praecidito. Qualum incidito ex ima parte perpetuum, sive calix erit, conquassato. Cum eo qualo aut calice in scrobem ponito. Eodem modo vitem facito, eam anno post praecidito seritoque cum qualo. Hoc modo quod genus vis propagabis.

53

Faenum, ubi tempus erit, secato cavetoque ne sero seces. Priusquam semen maturum siet, secato, et quod optimum faenum erit, seorsum condito, per ver cum arabunt, antequam ocinum des, quod edint boves.

54

Bubus pabulum hoc modo parari darique oportet. Ubi sementim patraveris, glandem parari legique oportet et in aquam conici. Inde semodios singulis bubus in dies dari oportet, et si non laborabunt, pascantur satius erit, aut modium vinaceorum, quos in dolium condideris. Interdiu pascito, noctu faeni P. XXV uni bovi dato. Si faenum non erit, frondem ligneam et hederaciam dato. Paleas triticeas et hordeaceas, acus fabaginum, de vicia vel de lupino, item de ceteris frugibus, omnia condito. Cum stramenta condes, quae herbosissima erunt, in tecto condito et sale spargito, deinde ea pro faeno dato. Ubi verno dare coeperis, modium glandis aut vinaceorum dato aut modium lupini macerati et faeni P. XV. Ubi ocinum tempestivum erit, dato primum. Manibus carpito, id renascetur: quod falcula secueris, non renascetur. Usque ocinum dato donec arescat: ita temperato. Postea viciam dato, postea panicum frondem ulmeam dato. Si populneam habebis, admisceto, ut ulmeae satis siet. Ubi ulmeam non habebis, querneam aut ficulneam dato. Nihil est quod magis expediat, quam boves bene curare. Boves nisi per hiemem, cum non arabunt, pasci non oportet. Nam viride cum edunt, semper id exspectant, et fiscellas habere oportet, ne herbam sectentur, cum arabunt.

55

Ligna domino in tabulato condito, codicillos oleagineos, radices in acervo sub dio metas facito.

56

Familiae cibaria. Qui opus facient: per hiemem tritici modios IIII, per aestatem modios IIII S; vilico, vilicae, epistatae, opilioni: modios III; compeditis: per hiemem panis p. IIII, ubi vineam fodere coeperint panis p. V, usque adeo dum ficos esse coeperint; deinde ad p. IIII redito.

57

Vinum familiae. Ubi vindemia facta erit, loram bibant menses tres; mense quarto: heminas in dies, id est in mense congios II S; mense quinto, sexto, septimo, octavo: in dies sextarios, id est in mense congios quinque; nono, decimo, undecimo, duodecimo: in dies heminas ternas, id est amphoram; hoc amplius Saturnalibus et Compitalibus in singulos homines gongios III S; summa vini in homines singulos inter annum Q. VII. Conpeditis, uti quidquid operis facient, pro portione addito; eos non est nimium in annos singulos vini Q. X ebibere.

58

Pulmentarium familiae. Oleae caducae quam plurimum condito; postea oleas tempestivas, unde minimum olei fieri poterit, eas condito: parcito uti quam diutissime durent. Ubi oleae comesae erunt, hallacem et acetum dato. Oleum dato in menses unicuique s. I; salis unicuique in anno modium satis est.

59

Vestimenta familiae. Tunicam p. III S, saga alternis annis. Quotiens cuique tunicam aut sagum dabis, prius veterem accipito, unde centones fiant. Sculponias bonas alternis annis dare oportet.

60

Bubus cibaria annua in iuga singula lupini modios centum viginti aut glandis modios CCXL, faeni pondo DXX, ocini, fabae M. XX, viciae M. XXX. Praeterea granatui videto satis viciae seras. Pabulum cum seres, mulas sationes facito.

61

Quid est agrum bene colere? Bene arare. Quid secundum? Arare. Quid tertium? Stercorare. Qui oletum saepissime et altissime miscebit, is tenuissimas radices exarabit. Si male arabit, radices susum abibunt, crassiores fient, et in radices vires oleae abibunt. Agrum frumentarium cum ares, bene et tempestivo ares, sulco vario ne ares. Cetera cultura est multum sarire et diligenter eximere semina et per tempus radices quam plurimas cum terra ferre; ubi radices bene operueris, calcare bene, ne aqua noceat. Siquis quaeret, quod tempus oleae serendae siet, agro sicco per sementim, agro laeto per ver.

62

Quot iuga boverum, mulorum, asinorum habebis, totidem plostra esse oportet.

63

Funem torculum esse oportet extentum pedes LV, funem loreum in plostrum P. LX, lora retinacula longa P. XXVI, subiugia in plostrum P. XIIX, funiculum P. XV, in aratrum subiugia lora P. XVI, funiculum P. VIII.

64

Olea ubi matura erit, quam primum cogi oportet, quam minimum in terra et in tabulato esse oportet. In terra et in tabulato putescit. Leguli volunt uti olea caduca quam plurimum sit, quo plus legatur; factores, ut in tabulato diu sit, ut fracida sit, quo facilius efficiant. Nolito credere oleum in tabulato posse crescere. Quam citissime conficies, tam maxime expediet, et, totidem modiis collecta, et plus olei efficiet et melius. Olea quae diu fuerit in terra aut in tabulato, inde olei minus fiet et deterius. Oleum, si poteris, bis in die depleto. Nam oleum quam diutissime in amurca et in fracibus erit, tam taeterrimum erit.

65

Oleum viride sic facito. Oleam quam primum ex terra tollito. Si inquinata erit, lavito a foliis et stercore purgato. Postridie aut post diem tertium, quam lecta erit, facito. Olea ubi nigra erit, stringito. Quam acerbissima olea oleum facies, tam oleum optimum erit. Domino de matura olea oleum fieri maxime expediet. Si gelicidia erunt, cum oleam coges, triduum atque quatriduum post oleum facito. Eam oleam, si voles, sale spargito. Quam calidissimum torcularium et cellam habeto.

66

Custodis et capulatoris officia. Servet diligenter cellam et torcularium. Caveat quam minimum in torcularium et in cellam introeatur. Quam mundissime purissimeque fiat. Vaso aheneo neque nucleis ad oleum ne utatur. Nam si utetur, oleum male sapiet. Cortinam plumbeam in lacum ponito, quo oleum fluat. Ubi factores vectibus prement, continuo copulator conca oleum, quam diligentissime poterit, ne cesset. Amurcam caveat ne tollat. Oleum in labrum primum indito, inde in alterum doleum indito. De iis labris fraces amurcamque semper subtrahito. Cum oleum sustuleris de cortina, amurcam deorito.

67

Item custodis officia. Qui in torculario erunt vasa pura habeant curentque uti olea bene perficiatur beneque siccetur. Ligna in torculario ne caedant. Oleum frequenter capiant. Factoribus det in singulos factus olei sextarios et in lucernam quod opus siet. Fraces cotidie reiciat. Amurcam conmutet usque adeo, donec in lacum qui in cella est postremum pervenerit. Fiscinas spongia effingat. Cotidie oleo locum conmutet, donec in dolium pervenerit. In torculario et in cella caveat diligenter nequid olei subripiatur.

68

Ubi vindemia et oletas facta erit, prela extollito; funes torculos, melipontos, subductarios in carnario aut in prelo suspendito; orbes, fibulas, vectes, scutulas, fiscinas, corbulas, quala, scalas, patibula, omnia quis usus erit, in suo quidque loco reponito.

69

Dolia olearia sic inbuito. Amurca inpleto dies VII, facito ut amurcam cotidie suppleas. Postea amurcam eximito et afarcito. Ubi arebit, cummim pridie in aquam infundito, eam postridie diluito. Postea dolium calfacito minus, quam si picare velis, tepeat satis est; lenibus lignis facito calescat. Ubi temperate tepebit, tum cummim indito, postea linito. Si recte leveris, in dolium quinquagenarium cummim P. IIII satis erit.

70

Bubus medicamentum. Si morbum metues, sanis dato salis micas tres, folia laurea III, porri fibras III, ulpici spicas III, alii spicas III, turis grana tria, herbae Sabinae plantas tres, rutae folia tria, vitis albae caules III, fabulos albos III, carbones vivos III, vini S. III. Haec omnia sublimiter legi teri darique oportet. Ieiunus siet qui dabit. Per triduum de ea potione uni cuique bovi dato. Ita dividito, cum ter uni cuique dederis, omnem absumas, bosque ipsus et qui dabit facito ut uterque sublimiter stent. Vaso ligneo dato.

71

Bos si aegrotare coeperit, dato continuo ei unum ovum gallinaceum crudum; integrum facito devoret. Postridie caput ulpici conterito cum hemina vini facitoque ebibat. Sublimiter terat et vaso ligneo det, bosque ipsus et qui dabit sublimiter stet. Ieiunus ieiuno bovi dato.

72

Boves ne pedes subterant, priusquam in viam quoquam ages, pice liquida cornua infima unguito.

73

Ubi uvae variae coeperint fieri, bubus medicamentum dato quotannis, uti valeant. Pellem anguinam ubi videris, tollito et condito, ne quaeras cum opus siet. Eam pellem et far et salem et serpullum, haec omnia una conterito cum vino, dato bubus bibant omnibus. Per aestatem boves aquam bonam et liquidam bibant semper curato; ut valeant refert.

74

Panem depsticium sic facito. Manus mortariumque bene lavato. Farinam in mortarium indito, aquae paulatim addito subigitoque pulchre. Ubi bene subegeris, defingito coquitoque sub testu.

75

Libum hoc modo facito. Casei P. II bene disterat in mortario. Ubi bene distriverit, farinae siligineae libram aut, si voles tenerius esse, selibram similaginis eodem indito permiscetoque cum caseo bene. Ovum unum addito et una permisceto bene. Inde panem facito, folia subdito, in foco caldo sub testu coquito leniter.

76

Placentam sic facito. Farinae siligineae L. II, unde solum facias, in tracta farinae L. IIII et alicae primae L. II. Alicam in aquam infundito. Ubi bene mollis erit, in mortarium purum indito siccatoque bene. Deinde manibus depsito. Ubi bene subactum erit, farinae L. IIII paulatim addito. Id utrumque tracta facito. In qualo, ubi arescant, conponito. Ubi arebunt, conponito puriter. Cum facies singula tracta, ubi depsueris, panno oleo uncto tangito et circumtergeto ungitoque. Ubi tracta erunt, focum, ubi coquas, calfacito bene et testum. Postea farinae L. II conspargito condepsitoque. Inde facito solum tenue. Casei ovilli P: XIIII ne acidum et bene recens in aquam indito. Ibi macerato, aquam ter mutato. Inde eximito siccatoque bene paulatim manibus, siccum bene in mortarium inponito. Ubi omne caseum bene siccaveris, in mortarium purum manibus condepsito conminuitoque quam maxime. Deinde cribrum farinarium purum sumito caseumque per cribrum facito transeat in mortarium. Postea indito mellis boni P. IIII S. Id una bene conmisceto cum caseo. Postea in tabula pura, quae pateat P. I, ibi balteum ponito, folia laurea uncta supponito, placentam fingito. Tracta singula in totum solum primum ponito, deinde de mortario tracta linito, tracta addito singulatim, item linito usque adeo, donec omne caseum cum melle abusus eris. In summum tracta singula indito, postea solum contrahito ornatoque focum + de ve primo + temperatoque, tunc placentam inponito, testo caldo operito, pruna insuper et circum operito. Aperito, dum inspicias, bis aut ter. Ubi cocta erit, eximito et melle unguito. Haec erit placenta semodialis.

77

Spiram sic facito. Quantum voles pro ratione, ita uti placenta fit, eadem omnia facito, nisi alio modo fingito. In solo tracta cum melle oblinito bene. Inde tamquam restim tractes facito, ita inponito in solo, simplicibus conpleto bene arte. Cetera omnia, quasi placentam facias, facito coquitoque.

78

Scriblitam sic facito. In balteo tractis caseo ad eundem modum facito, uti placentam, sine melle.

79

Globos sic facito. Caseum cum alica ad eundem modum misceto. Inde quantos voles facere facito. In ahenum caldum unguen indito. Singulos aut binos coquito versatoque crebro duabus rudibus, coctos eximito, eos melle unguito, papaver infriato, ita ponito.

80

Encytum ad eundem modum facito, uti globos, nisi calicem pertusum cavum habeat. Ita in unguen caldum fundito. Honestum quasi spiram facito idque duabus rudibus vorsato praestatoque. Item unguito coloratoque caldum ne nimium. Id cum melle aut cum mulso adponito.

81

Erneum sic facito tamquam placentam. Eadem omnia indito, quae in placentam. Id permisceto in alveo, id indito in irneam fictilem, eam demittito in aulam aheneam aquae calidae plenam. Ita coquito ad ignem. Ubi coctum erit, irneam confringito, ita ponito.

82

Spaeritam sic facito, ita uti spiram, nisi sic fingito. De tractis caseo melle spaeras pugnum altas facito. Eas in solo conponito densas, eodem modo conponito atque spiram itemque coquito.

83

Votum pro bubus, uti valeant, sic facito. Marti Silvano in silva interdius in capita singula boum votum facito. Farris L. III et lardi P. IIII S et pulpae P. IIII S, visi S. III, id in unum vas liceto coicere, et vinum item in unum vas liceto coicere. Eam rem divinam vel servus vel liber licebit faciat. Ubi res divina facta erit, statim ibidem consumito. Mulier ad eam rem divinam ne adsit neve videat quo modo fiat. Hoc votum in annos singulos, si voles, licebit vovere.

84

Savillum hoc modo facito. Farinae selibram, casei P. II S una conmisceto quasi libum, mellis P. * et ovum unum. Catinum fictile oleo unguito. Ubi omnia bene conmiscueris, in catinum indito, catinum testo operito. Videto ut bene percoquas medium, ubi altissimum erit. Ubi coctum erit, catinum eximito, papaver infriato, sub testum subde paulisper, postea eximito. Ita pone cum catillo et lingula.

85

Pultem Punicam sic coquito. Libram alicae in aquam indito, facito uti bene madeat. Id infundito in alveum purum, eo casei recentis P. III, mellis P. S, ovum unum, omnia una permisceto bene. Ita insipito in aulam novam.

86

Graneam triticeam sic facito. Selibram tritici puri in mortarium purum indat, lavet bene corticemque deterat bene eluatque bene. Postea in aulam indat et aquam puram cocatque. Ubi coctum erit, lacte addat paulatim usque adeo, donec cremor crassus erit factus.

87

Amulum sic facito. Siliginem purgato bene, postea in alvum indat, eo addat aquam bis in die. Die decimo aquam exsiccato, exurgeto bene, in alveo puro misceto bene, facito tamquam faex fiat. Id in linteum novum indito, exprimito cremorem in patinam novam aut in mortarium. Id omne ita facito et refricato denuo. Eam patinam in sole ponito, arescat. Ubi arebit, in aulam novam indito, inde facito cum lacte coquat.

88

Salem candidum sic facito. Amphoram defracto collo puram inpleto aquae purae, in sole ponito. Ibi fiscellam cum sale populari suspendito et quassato suppletoque identidem. Id aliquotiens in die cotidie facito, usque adeo donec sal desiverit tabescere biduum. Id signi erit: menam aridam vel ovum demittito; si natabit, ea muries erit, vel carnem vel caseos vel salsamenta quo condas. Eam muriam in labella vel in patinas in sole ponito. Usque adeo in sole habeto, donec concreverit. Inde flos salis fiet. Ubi nubilabitur et noctu sub tecto ponito; cotidie, cum sol erit, in sole ponito.

89

Gallinas et anseres sic farcito. Gallinas teneras, quae primum parient, concludat. Polline vel farina hordeacia consparsa turundas faciat, eas in aquam intingat, in os indat, paulatim cotidie addat; ex gula consideret, quod satis sit. Bis in die farciat et meridie bibere dato; ne plus aqua sita siet horam unam. Eodem modo anserem alito, nisi prius dato bibere et bis in die, bis escam.

90

Palumbum recentem sic farcito. Ubi prensus erit, ei fabam coctam tostam primum dato, ex ore in eius os inflato, item aquam. Hoc dies VII facito. Postea fabam fresam puram et far purum facito et fabae tertia pars ut infervescat, tum far insipiat, puriter facito et coquito bene. Id ubi excluseris, depsito bene, oleo manum unguito, primum pusillum, postea magis depses, oleo tangito depsitoque, dum poterit facere turundas. Ex aqua dato, escam temperato.

91

Aream sic facito. Locum ubi facies confodito. Postea amurca conspargito bene sinitoque conbibat. Postea conminuito glebas bene. Deinde coaequato et paviculis verberato. Postea denuo amurca conspargito sinitoque arescat. Si ita feceris, neque formicae nocebunt neque herbae nascentur.

92

Frumento ne noceat curculio neu mures tangant. Lutum de amurca facito, palearum paulum addito, sinito macerescant bene et subigito bene; eo granarium totum oblinito crasso luto. Postea conspargito amurca omne quod lutaveris. Ubi aruerit, eo frumentum refrigeratum condito; curculio non nocebit.

93

Olea si fructum non feret, ablaqueato. Postea stramenta circumponito. Postea amurcam cum aqua conmisceto aequas partes. Deinde ad oleam circumfundito. Ad arborem maxumam urnam conmixti sat est; ad minores arbores pro ratione indito. Et idem hoc si facies ad arbores feraces, eae quoque meliores fient. Ad eas stramenta ne addideris.

94

Fici uti grossos teneant, facito omnia quo modo oleae, et hoc amplius, cum ver adpetet, terram adaggerato bene. Si ita feceris, et grossi non cadent et fici scabrae non fient et multo feraciores erunt.

95

Convolvolus in vinia ne siet. Amurcam condito, puram bene facito, in vas aheneum indito congios II. Postea igni leni coquito, rudicula agitato crebro usque adeo, dum fiat tam crassum quam mel. Postea sumito bituminis tertiarium et sulpuris quartarium. Conterito in mortario seorsum utrumque. Postea infriato quam minutissime in amurcam caldam et simul rudicula misceto et denuo coquito sub dio caelo. Nam si in tecto coquas, cum bitumen et sulpur additum est, excandescet. Ubi erit tam crassum quam viscum, sinito frigescat. Hoc vitem circum caput et sub brachia unguito; convolvus non nascetur.

96

Oves ne scabrae fiant. Amurcam condito, puram bene facito, aquam in qua lupinus deferverit et faecem de vino bono, inter se omnia conmisceto pariter. Postea cum detonderis, unguito totas, sinito biduum aut triduum consudent. Deinde lavito in mari; si aquam marinam non habebis, facito aquam salsam, ea lavito. Si haec sic feceris, neque scabrae fient et lanae plus et meliorem habebunt, et ricini non erunt molesti. Eodem in omnes quadripedes utito, si scabrae erunt.

97

Amurca decocta axem unguito et lora et calciamenta et coria; omnia meliora facies.

98

Vestimenta ne tiniae tangant. Amurcam decoquito ad dimidium, ea unguito fundum arcae et extrinsecus et pedes et angulos. Ubi ea adaruerit, vestimenta condito. Si ita feceris, tiniae non nocebunt. Et item ligneam supellectilem omnem si ungues, non putescet, et cum ea terseris, splendidior fiet. Item ahenea omnia unguito, sed prius extergeto bene. Postea cum unxeris, cum uti voles, extergeto. Splendidior erit, et aerugo non erit molesta.

99

Fici aridae si voles uti integrae sint, in vas fictile condito. Id amurca decocta unguito.

100

Oleum si in metretam novam inditurus eris, amurca, ita uti est cruda, prius conluito agitatoque diu, ut bene conbibat. Id si feceris, metreta oleum non bibet, et oleum melius faciet, et ipsa metreta firmior erit.

101

Virgas murteas si voles cum bacis servare et item aliud genus quod vis, et si ramos ficulneos voles cum foliis, inter se alligato, fasciculos facito, eos in amurcam demittito, supra stet amurca facito. Sed ea quae demissurus eris sumito paulo acerbiora. Vas, quo condideris, oblinito plane.

102

Si bovem aut aliam quamvis quadrupedem serpens momorderit, melanthi acetabulum, quod medici vocant zmurnaeum, conterito in vini veteris hemina: id per nares indito et ad ipsum morsum stercus suillum apponito. Et idem hoc, si usus evenerit, homini facito.

103

Boves uti valeant et curati bene sint, et qui fastidient cibum, uti magis cupide adpetant, pabulum quod dabis amurca spargito; primo pabulum, dum consuescant, postea magis, et dato rarenter bibere conmixtam cum aqua aequabiliter. Quarto quinto quoque die hoc sic facies. Ita boves et corpore curatiores erunt, et morbus aberit.

104

Vinum familiae per hiemem qui utatur. Musti Q. X in dolium indito, aceti acris Q. II eodem infundito, sapae Q. II, aquae dulcis Q. L. Haec rude misceto ter in die dies quinque continuos. Eo addito aquae marinae veteris sextarios LXIIII et operculum in dolium inponito et oblinito post dies X. Hoc vinum durabit tibi usque ad solstitium. Siquid superfuerit post solstitium, acetum acerrimum et pulcherrimum erit.

105

Qui ager longe a mari aderit, ibi vinum Graecum sic facito. Musti Q. XX in aheneum aut plumbeum infundito, ignem subdito. Ubi bullabit vinum, ignem subducito. Ubi id vinum refrixerit, in dolium quadragenarium infundito. Seorsum vas aquae dulcis Q. I infundito, salis

M I, sinito muriam fieri. Ubi muria facta erit, eodem in dolium infundito. Schoenum et calamum in pila contundito, quod satis siet, sextarium unum eodem in dolium infundito, ut odoratum siet. Post dies XXX dolium oblinito. Ad ver diffundito in amphoras. Biennium in sole sinito positum esse. Deinde in tectum conferto. Hoc vinum deterius non erit quam Coum.

106

Aquae marinae concinnatio. Aquae marinae Q. I ex alto sumito, quo aqua dulcis non accedit. Sesquilibram salis frigito, eodem indito et rude misceto usque adeo, donec ovum gallinaceum coctum natabit, desinito miscere. Eodem vini veteris vel Aminnii vel miscelli albi congios II infundito, misceto probe. Postea vas picatum confundito et oblinito. Siquid plus voles aquae marinae concinnare, pro portione ea omnia facito.

107

Quo labra doliorum circumlinas, ut bene odorata sint et nequid viti in vinum accedat. Sapae congios VI quam optimae infundito in aheneum aut in plumbeum et iris aridae contusae heminam et sertam Campanicam P. V bene odoratam una cum iri contundas quam minutissime, per cribrum cernas et una cum sapa coquas sarmentis et levi flamma. Commoveto, videto ne aduras. Usque coquito, dum dimidium excoquas. Ubi refrixerit, confundito in vas picatum bene odoratum et oblinito et utito in labra doliorum.

108

Vinum si voles experiri duraturum sit necne, polentam grandem dimidium acetabuli in caliculum novum indito et vini sextarium de eo vino quod voles experiri eodem infundito et inponito in carbones; facito bis aut ter inferveat. Tum id percolato, polentam abicito. Vinum ponito sub dio. Postridie mane gustato. Si id sapiet, quod in dolio est, scito duraturum; si subacidum erit, non durabit.

109

Vinum asperum quod erit lene et suave si voles facere, sic facito. De ervo farinam facito libras IIII et vini cyathos IIII conspargito sapa. Postea facito laterculos. Sinito conbibant noctem et diem. Postea conmisceto cum eo vino in dolio et oblinito post dies LX. Id vinum erit lene et suave et bono colore et bene odoratum.

110

Odorem deteriorem demere vino. Testam de tegula crassam puram calfacito in igni bene. Ubi calebit, eam picato, resticula alligato, testam demittito in dolium infimum leniter, sinito biduum oblitum dolium. Si demptus erit odor deterior, id optime; si non, saepius facito, usque dum odorem malum dempseris.

111

Si voles scire, in vinum aqua addita sit necne, vasculum facito de materia hederacia. Vinum id, quod putabis aquam habere, eo demittito. Si habebit aquam, vinum effluet, aqua manebit. Nam non continet vinum vas hederaceum.

112

Vinum Coum si voles facere, aquam ex alto marinam sumito mari tranquillo, cum ventus non erit, dies LXX ante vindemiam, quo aqua dulcis non perveniet. Ubi hauseris de mari, in dolium infundito, nolito inplere, quadrantalibus quinque minus sit quam plenum. Operculum inponito, relinquito qua interspiret. Ubi dies XXX praeterierint, transfundito in alterum dolium puriter et leniter, relinquito in imo quod desiderit. Post dies XX in alterum dolium item transfundito; ita relinquito usque ad vindemiam. Unde vinum Coum facere voles, uvas relinquito in vinea, sinito bene coquantur, et ubi pluerit et siccaverit, tum deligito et ponito in sole biduum aut triduum sub dio, si pluviae non erunt. Si pluvia erit, in tecto cratibus conponito, et siqua acina corrupta erunt, depurgato. Tum sumito aquam marinam Q. S. S. E, in dolium quinquagenarium infundito aquae marinae Q. X. Tum acina de uvis miscellis decarpito de scopione in idem dolium, usque dum inpleveris. Manu conprimito acina, ut conbibant aquam marinam. Ubi inpleveris dolium, operculo operito, relinquito qua interspiret. Ubi triduum praeterierit, eximito de dolio et calcato in torculario et id vinum condito in dolia lauta et pura et sicca.

113

Ut odoratum bene sit, sic facito. Sumito testam picatam, eo prunam lenem indito, suffito serta et schoeno et palma, quam habent unguentarii, ponito in dolio et operito, ne odor exeat, antequam vinum indas. Hoc facito pridie quam vinum infundere voles. De lacu quam primum vinum in dolia indito, sinito dies XV operta, antequam oblinas, relinquito qua interspiret, postea oblinito. Post dies XL diffundito in amphoras et addito in singulas amphoras sapae sextarium unum. Amphoras nolito inplere nimium, ansarum infimarum fini, et amphoras in sole ponito, ubi herba non siet, et amphoras operito, ne aqua accedat, et ne plus quadriennium in sole siveris. Post quadriennium in cuneum conponito et instipato.

114

Vinum si voles concinnare, ut alvum bonam faciat, secundum vindemiam, ubi vites ablaqueantur, quantum putabis ei rei satis esse vini, tot vites ablaqueato et signato. Earum radices circumsecato et purgato. Veratri

atri radices contundito in pila, eas radices dato circum vitem et stercus vetus et cinerem veterem et duas partes terrae circumdato radices vitis. Terram insuper inicito. Hoc vinum seorsum legito. Si voles servare in vetustatem ad alvum movendam, servato, ne conmisceas cum etero vino. De eo vino cyathum sumito et misceto aqua et bibito ante cenam. Sine periculo alvum movebit.

115

In vinum mustum veratri atri manipulum coicito in amphoram. Ubi satis efferverit, de vino manipulum eicito. Id vinum servato ad alvum movendam. Vinum ad alvum movendam concinnare. Vites cum ablaqueabuntur, signato rubrica, ne admisceas cum cetero vino. Tris fasciculos veratri atri circumponito circum radices et terram insuper inicito. Per vindemiam de iis vitibus quod delegeris, seorsum servato, cyathum in ceteram potionem indito. Alvum movebit et postridie pepurgabit sine periculo.

116

Lentim quo modo servare oporteat. Laserpicium aceto diluito, permisceto lentim aceto laserpiciato et ponito in sole. Postea lentim oleo perfricato, sinito arescat. Ita integra servabitur recte.

117

Oleae albae quo modo condiantur. Antequam nigrae fiant, contundantur et in aquam deiciantur. Crebro aquam mutet. Deinde, ubi satis maceratae erunt, exprimat et in acetum coiciat et oleum addat, salis selibram in modium olearum. Feniculum et lentiscum seorsum condat in acetum. Si una admiscere voles, cito utito. In orculam calcato. Manibus siccis, cum uti voles, sumito.

118

Oleam albam, quam secundum vindemiam uti voles, sic condito. Musti tantumdem addito, quantum aceti. Cetera item condito ita, uti supra scriptum est.

119

Epityrum album nigrum variumque sic facito. Ex oleis albis nigris variisque nucleos eicito. Sic condito. Concidito ipsas, addito oleum, acetum coriandrum, cuminum feniculum rutam, mentam. In orcuam condito, oleum supra siet. Ita utito.

120

Mustum si voles totum annum habere, in amphoram mustum indito et corticem oppicato, demittito in piscinam. Post dies XXX eximito. Totum annum mustum erit.

121

Mustaceos sic facito. Farinae siligneae modium unum musto conspargito. Anesum, cuminum, adipis P. II, casei libram, et de virga lauri deradito, eodem addito, et ubi definxeris, lauri folia subtus addito, cum coques.

122

Vinum concinnare, si lotium difficilius transibit. Capreidam vel iunipirum contundito in pila, libram indito, in duobus congiis vini veteris in vase aheneo vel in plumbeo defervefacito. Ubi refrixerit, in lagonam indito. Id mane ieiunus sumito cyathum; proderit.

123

Vinum ad ischiacos sic facito. De iunipiro materiem semipedem crassam concidito minutim. Eam infervefacito cum congio vini veteris. Ubi refrixerit, in lagonam confundito et postea id utito cyathum mane ieiunus; proderit.

124

Canes interdiu clausos esse oportet, ut noctu acriores et vigilantiores sint.

125

Vinum murteum sic facito. Murtam nigram arfacito in umbra. Ubi iam passa erit, servato ad vindemiam, in urnam musti contundito murtae semodium, id oblinito. Id est ad alvum crudam et ad lateris dolorem et ad coeliacum.

126

Ad tormina, et si alvus non consistet, et si taeniae et lumbrici molesti erunt. XXX mala Punica acerba sumito, contundito, indito in urceum et vini nigri austeri congios III. Vas oblinito. Post dies XXX aperito et utito; ieiunus heminam bibito.

127

Ad dyspepsiam et stranguriam mederi. Malum Punicum ubi florebit, conligito, tris minas in amphoram infundito, vini Q. I veteris addito et feniculi radicem puram contusam minam. Oblinito amphoram et post dies XXX aperito et utito. Ubi voles cibum concoquere et lotium facere, hinc bibito quantum voles sine periculo. Idem vinum taenias perpurgat et lumbricos, si sic concinnes. Incenatum iubeto esse. Postridie turis drachmam unam conterito et mel coctum drachmam unam et vini sextarium origaniti. Dato ieiuno, et puero pro aetate triobolum et vini hemina. Supra pilam inscendat et saliat decies et deambulet.

128

Habitationem delutare. Terram quam maxime cretosam vel rubricosam, eo amurcam infundito, paleas indito. Sinito quadriduum fracescat. Ubi bene fracuerit, rutro concidito. Ubi concideris, delutato. Ita neque aspergo nocebit, neque mures cava facient, neque herba nascetur, neque lutamenta scindent se.

129

Aream, ubi frumentum teratur, sic facito. Confodiatur minute terra, amurca bene conspargatur et conbibat quam plurimum. Conminuito terram et cylindro aut pavicula coaequato. Ubi coaequata erit, neque formicae molestae erunt, et cum pluerit, lutum non erit.

130

Codicillos oleagineos et cetera ligna amurca cruda perspargito et in sole ponito, perbibant bene. Ita neque fumosa erunt et ardebunt bene.

131

Piro florente dapem pro bubus facito. Postea verno arare incipito. Ea loca primum arato, quae rudecta harenosaque erunt. Postea uti quaeque gravissima et aquosissima erunt, ita postremo arato.

132

Dapem hoc modo fieri oportet. Iovi dapali culignam vini quantam vis polluceto. Eo die feriae bubus et bubulcis et qui dapem facient. Cum pollucere oportebit, sic facies: "Iuppiter dapalis, quod tibi fieri oportet in domo familia mea culignam vini dapi, eius rei ergo macte hac illace dape polluenda esto." Manus interluito postea vinum sumito: "Iuppiter dapalis, macte istace dape polluenda esto, macte vino inferio esto." Vestae, si voles, dato. Daps Iovi assaria pecuina urna vini. Iovi caste profanato sua contagione. Postea dape facta serito milium, panicum, alium, lentim.

133

Propagatio pomorum ceterarumque arborum. Arboribus abs terra pulli qui nati erunt, eos in terram deprimito, extollito, uti radicem capere possint. Inde, ubi tempus erit, effodito seritoque recte. Ficum, oleam, malum Punicum, mala strutea, cotonea aliaque mala omnia, laurum Cypriam, Delphicam, prunum, murtum coniugulum et murtum album et nigrum, nuces Abellanas, Praenestinas, platanum haec omnia genera a capitibus propagari eximique ad hunc modum oportebit. Quae diligentius seri voles, in calicibus seri oportet. In arboribus radices uti capiant, calicem pertusum sumito tibi aut quasillum;

per eum ramulum trasserito; eum quasillum terra inpleto caecatoque, in arbore relinquito. Ubi bimum erit, ramum tenerum infra praecidito, cum quasillo serito. Eo modo quod vis genus arborum facere poteris uti radices bene habeant. Item vitem in quasillum propagato terraque bene operito, anno post praecidito, cum qualo serito.

134

Priusquam messim facies, porcam praecidaneam hoc modo fieri oportet. Cereri porca praecidanea porco femina, priusquam hasce fruges condas, far, triticum, hordeum, fabam, semen rapicium. Ture vino Iano Iovi Iunoni praefato, priusquam porcum feminam immolabis. Iano struem commoveto sic: "Iane pater, te hac strue commovenda bonas preces precor, uti sies volens propitius mihi liberisque meis domo familiaeque meae". Fertum Iovi commoveto et mactato sic: "Iuppiter, te hoc ferto obmovendo bonas preces precor uti sies volens propitius mihi liberisque meis domo familiaeque meaemactus hoc ferto". Postea Iano vinum dato sic: "Iane pater, uti te strue commovenda bonas preces bene precatus sum, eiusdem rei ergo macte vino inferio esto." Postea porcam praecidaneam inmolato. Ubi exta prosecta erunt, Iano struem ommoveto mactatoque item, uti prius obmoveris. Iovi fertum obmoveto mactatoque item, uti prius feceris. Item Iano vinum dato et Iovi vinum dato, item uti prius datum ob struem obmovendam et fertum libandum. Postea Cereri exta et vinum dato.

135

Romae tunicas, togas, saga, centones, sculponeas; Calibus et Minturnis cuculliones, ferramenta, falces, palas, ligones, secures, ornamenta, murices, catellas; Venafri palas. Suessae et in Lucanis plostra, treblae Albae, Romae dolia, labra; tegulae ex Venafro. Aratra in terram validam Romanica bona erunt; in terram pullam Campanica; iuga Romanica optima erunt; vomeris indutilis optimus erit. Trapeti Pompeis, Nolae ad Rufri maceriam; claves, clostra Romae; hamae oleariae, urcei aquarii, urnae vinariae, alia vasa ahenea Capuae, Nolae; fiscinae Campanicae Capuae utiles sunt. Funes subductarios, spartum omne Capuae; fiscinas Romanicas Suessae, Casino+ *** optimae erunt Romae.

Funem torculum siquis faciet, Casini L. Tunnius, Venafri C. Mennius L. f. Eo indere oportet coria bona III nostratia, recentia quae depsta sient, quam minimum sallis habeant. Ea depsere et unguere unguine prius oportet, tum siccare. Funem exordiri oportet longum P. LXXII. Toros III habeat, lora in toros singulos VIIII lata digitos II. Cum tortus erit, longus P. XLVIIII. In conmissura abibit P. III, rel. erit P. XLVI. Ubi extentus erit, accedent P. V: longus erit P. LI. Funem torculum extentum longum esse oportet P. LV maximis vasis, minoribus P. LI. Funem loreum in plostrum iustum P.

LX, semifunium P. XLV, lora retinacula in plostrum P. XXXVI, ad aratrum P. XXVI, lora praeductoria P. XXVII S, subiugia in plostrum lora P. XIX, funiculum P. XV, in aratrum subiugia lora P. XII, funiculum P. IIX.

Trapetos latos maximos P. IIII S, orbis altos P. III S, orbis medios, ex lapicaedinis cum eximet, crassos pedem et palmum, inter miliarium et labrum P. I digitos II, labra crassa digitos V. Secundarium trapetum latum P. IIII et palmum, inter miliarium et labrum pes unus digitus unus, labra crassa digitos V, orbis altos P. III et digitos V, crassos P. I et digitos III. Foramen in orbis semipedem quoquo versum facito. Tertium trapetum latum P. IIII, inter miliarium et labrum P. I, labrum digitos V, orbis altos P. III digitos III, crassos P. I et digitos II. Trapetum ubi arvectum erit, ubi statues, ibi accommodato concinnatoque.

136

Politionem quo pacto partiario dari oporteat. In agro Casinate et Venafro in loco bono parti octava corbi divicat, satis bono septima, tertio loco sexta; si granum modio dividet, parti quinta. In Venafro ager optimum nona parti corbi dividat. Si communiter pisunt, qua ex parte politori pars est, eam partem in pistrinum politor. Hordeum quinta modio, fabam quinta modio dividat.

137

Vineam curandam partiario. Bene curet fundum, arbustum, agrum frumentarium. Partiario faenum et pabulum, quod bubus satis siet, qui illic sient. Cetera omnia pro indiviso.

138

Boves feriis coniungere licet. Haec licet facere: arvehant ligna, fabalia, frumentum, quod conditurus erit. Mulis, equis, asinis feriae nullae, nisi si in familia sunt.

139

Lucum conlucare Romano more sic oportet: porco piaculo facito, sic verba concipito: "Si deus, si dea es, quoiium illud sacrum est, uti tibi ius est porco piaculo facere illiusce sacri coercendi ergo harumque rerum ergo, sive ego sive quis iussu meo fecerit, uti id recte factum siet, eius rei ergo hoc porco piaculo immolando bonas preces precor, uti sies volens propitius mihi domo familiaeque meae liberisque meis: harumce rerum ergo macte hoc porco piaculo immolando esto".

140

Si fodere voles, altero piaculo eodem modo facito, hoc amplius dicito: "Operis faciundi causa". Dum opus, cotidie per partes facito. Si intermiseris aut feriae publicae aut familiares intercesserint, altero piaculo facito.

141

Agrum lustrare sic oportet. Impera suovitaurilia circumagi: "Cum divis volentibus quodque bene eveniat, mando tibi, Mani, uti illace suovitaurilia fundum agrum terramque meam quota ex parte sive circumagi sive circumferenda censeas, uti cures lustrare." Ianum Iovemque vino praefamino, sic dicito:

"Mars pater te precor quaesoque
uti sies volens propitius
mihi domo familiaeque nostrae;
quoius rei ergo
agrum terram fundumque meum
suovitaurilia circum agi iussi:
uti tu morbos visos invisosque
viduertatem vastitudinemque,
calamitates intemperiasque
prohibessis defendas averruncesque;
uti tu fruges frumenta vineta virgultaque
grandire dueneque evenire siris,

pastores pecuaque salva servassis;
duisque duonam salutem valetudinemque
mihi domo familiaeque nostrae:
harunce rerum ergo
fundi terrae agrique mei
lustrandi lustrique faciundi ergo,
sic ut dixi,
macte hisce suovitaurilibus
lactentibus immolandis esto:
Mars pater,
eiusdem rei ergo
macte hisce suovitaurilibus
lactentibus immolandis esto."

Item cultro facito struem et fertum uti adsiet, inde obmoveto. Ubi porcum inmolabis, agnum vitulumque, sic oportet:

"eiusdem rei ergo
macte hisce suovitaurilibus
immolandis esto."

Nominare vetat Martem neque agnum vitulumque. Si minus in omnis litabit, sic verba concipito:

"Mars pater, quod tibi illoc porco neque satisfactum est, te hoc porco piaculo".

142

Vilici officia quae sunt, quae dominus praecepit, ea omnia quae in fundo fieri oportet quaeque emi pararique oportet, quo modoque cibaria, vestimenta familiae dari oportet, eadem uti curet faciatque moneo dominoque dicto audiens sit. Hoc amplius, quo modo vilicam uti oportet et quo modo eae imperari oportet, uti adventu domini quae opus sunt parentur curenturque diligenter.

143

Vilicae quae sunt officia curato faciat; si eam tibi dederit dominus uxorem, esto contentus; ea te metuat facito; ne nimium luxuriosa siet; vicinas aliasque mulieres quam minimum utatur neve domum neve ad sese recipiat; ad coenam ne quo eat neve ambulatrix siet; rem divinam ni faciat neve mandet qui pro ea faciat iniussu domini aut dominae: scito dominum pro tota familia rem divinam facere. Munda siet: villam conversam mundeque habeat; focum purum circumversum cotidie, priusquam cubitum eat, habeat. Kal., Idibus, Nonis, festus dies cum erit, coronam in focum indat, per eosdemque dies lari familiari pro copia supplicet. Cibum tibi et familiae curet uti coctum habeat. Gallinas multas et ova uti habeat. Pira arida, sorba, ficos, uvas passas, sorba in sapa et piras et uvas in doliis et mala struthea, uvas in vinaciis et in urceis in terra obrutas et nuces Praenestinas recentes in urceo in terra obrutas habeat. Mala Scantiana in doliis et alia quae condi solent et silvatica, haec omnia quotannis diligenter uti condita habeat. Farinam bonam et far suptile sciat facere.

Oleam legendam hoc modo locare oportet. Oleam cogito recte omnem arbitratu domini, aut quem custodem fecerit, aut cui olea venierit. Oleam ne stringito neve verberato iniussu domini aut custodis. Si adversus ea quis fecerit, quod ipse eo die delegerit, pro eo nemo solvet neque debebitur. Qui oleam legerint, omnes iuranto ad dominum aut ad custodem sese oleam non subripuisse neque quemquam suo dolo malo ea oletate ex fundo L. Manli. Qui eorum non ita iuraverit, quod is legerit omne, pro eo argentum nemo dabit neque debebitur. Oeam cogi recte satis dato arbitratu L. Manli. Scalae ita uti datae erunt, ita reddito, nisi quae vetustate fractae erunt. Si non erunt redditae, aequom viri boni arbitratu deducetur. Siquid redemptoris opera domino damni datum erit, resolvito; id viri boni arbitratu deducetur. Legulos, quot opus erit, praebeto et strictores. Si non praebuerit, quanti conductum erit aut locatum erit, deducetur; tanto minus debebitur. De fundo ligna et oleam ne deportato. Qui oleam legerit, qui deportarit, in singulas deportationes SS. N. II deducentur neque id debebitur. Omnem oleam puram metietur modio oleario. Adsiduos homines L praebeto, duas partes strictorum praebeto. Nequis concedat, quo olea legunda et faciunda carius locetur, extra quam siquem socium inpraesentiarum dixerit. Siquis adversum ea fecerit, si dominus aut custos volent, iurent omnes socii. Si non ita iuraverint, pro ea olea legunda et faciunda nemo dabit neque debebitur ei qui non iuraverit. Accessiones: in M xx CC accedit oleae salsae M V, olei puri P. VIIII, in tota oletate aceti Q. V. Quod oleae salsae non acceperint, dum oleam legent, in modios singulos SS. V dabuntur.

145

Oleam faciundam hac lege oportet locare. Facito recte arbitratu domini aut custodis, qui id negotium curabit. Si sex iugis vasis opus erit, facito. Homines eos dato, qui placebunt aut custodi aut quis eam oleam emerit. Si opus erit trapetis facito. Si operarii conducti erunt aut facienda locata erit, pro eo resolvito, aut deducetur. Oleum ne tangito utendi causa neque furandi causa, nisi quod custos dederit aut dominus. Si sumpserit, in singulas sumptiones SS. N. XL deducentur neque debebitur. Factores, qui oleum fecerint, omnes iuranto aut ad dominum aut ad custodem sese de fundo L. Manli neque alium quemquam suo dolo malo oledum neque oleam subripuisse. Qui eorum ita non iuraverit, quae eius pars erit, omne deducetur neque debebitur. Socium nequem habeto, nisi quem dominus iusserit aut custos. Siquid redemptoris opera domino damni datum erit, viri boni arbitratu deducetur. Si viride oleum opus siet, facito. Accedet oleum et sale suae usioni quod satis siet, vasarium vict. II.

146

Oleam pendentem hac lege venire oportet. Olea pendens in fundo Venafro venibit. Qui oleam emerit, amplius quam quanti emerit omnis pecuniae centesima accedet, praeconium praesens SS. L, et oleum: Romanici P. xx D, viridis P. CC, oleae caducae M L, strictivae M X modio oleario mensum dato, unguinis P. X; ponderibus modiisque domini dato frugis primae cotulas duas. Dies argento ex K. Nov. mensum X oleae legendae faciendae quae locata est, et si emptor locarit, Idibus solvito. Recte haec dari fierique satisque dari domino, aut cui iusserit, promittito satisque dato arbitratu domini. Donicum solutum erit aut ita satis datum erit, quae in fundo inlata erunt, pigneri sunto; nequid eorum de fundo deportato; siquid deportaverit, domini esto. Vasa torcula, funes, scalas, trapetos, siquid et aliud datum erit, salva recte reddito, nisi quae vetustate fracta erunt. Si non reddet aequom solvito. Si emptor legulis et factoribus, qui illic opus fecerint, non solverit, cui dari oportebit, si dominus volet, solvat. Emptor domino debeto et id satis dato, proque ea re ita uti S. S. E item pignori sunto.

147

Hac lege vinum pendens venire oportet. Vinaceos inlutos et faecem relinquito. Locus vinis ad K. Octob.

primas dabitur. Si non ante ea exportaverit, dominus vino quid volet faciet. Cetera lex, quae oleae pendenti.

148

Vinum in doliis hoc modo venire oportet. Vini in culleos singulos quadragenae et singulae urnae dabuntur. Quod neque aceat neque muceat, id dabitur. In triduo proxumo viri boni arbitratu degustato. Si non ita fecerit, vinum pro degustato erit. Quot dies per dominum mora fuerit, quo minus vinum degustet, totidem dies emptori procedent. Vinum accipito ante K. Ian. primas. Si non ante acceperit, dominus vinum admetietur. Quod admensus erit, pro eo resolvito. Si emptor postularit, dominus ius iurandum dabit verum fecisse. Locus vinis ad K. Octobres primas dabitur. Si ante non deportaverit, dominus vino quid volet faciet. Cetera lex, quae oleae pendenti.

149

Qua lege pabulum hibernum venire oporteat. Qua vendas fini dicito. Pabulum frui occipito ex Kal. Septembribus. Prato sicco decedat, ubi prius florere coeperit; prato inriguo, ubi super inferque vicinus permittet, tum decedito, vel diem certam utrique facito. Cetero pabulo Kal. Martiis decedito. Bubus domitis binis, cantherio uni, cum emptor pascet, domino pascere recipitur. Holeris, asparagis, lignis, aqua, itinere, actu domini usioni recipitur. Siquid emptor aut pastores aut pecus emptoris domino damni dederit, viri boni arbitratu resolvat. Siquid dominus aut familia aut pecus emptori damni dederit, viri boni arbitratu resolvetur. Donicum pecuniam solverit aut satisfecerit aut deligarit, pecus et familia, quae illic erit, pigneri sunto. Siquid de iis rebus controversiae erit, Romae iudicium fiat.

150

Fructum ovium hac lege venire oportet. In singulas casei P. I S dimidium aridum, lacte feriis quod mulserit dimidium et praeterea lactis urnam unam; hisce legibus, agnus diem et noctem qui vixerit in fructum; et Kal. Iun. emptor fructu decedat; si interkalatum erit, K. Mais. Agnos XXX ne amplius promittat. Oves quae non pepererint binae pro singulis in fructu cedent. Ex quo die lanam et agnos vendat menses X ab coactore releget. Porcos serarios in oves denas singulos pascat. Conductor duos menses pastorem praebeat. Donec domino satisfecerit aut solverit, pignori esto.

151

Semen cupressi quo modo legi seri propagarique oporteat et quo pacto cupresseta seri oporteat, Minius Percennius Nolanus ad hunc modum monstravit. Semen cupressi Tarentinae per ver legi oportet; materiem, ubi hordeum flavescit. Id ubi legeris, in sole ponito, semen purgato. Id aridum condito, uti aridum expositum siet. Per ver serito in loco ubi terra tenerrima erit, quam pullam vocant, ubi aqua propter siet. Eum locum stercorato primum bene stercore caprino aut ovillo, tum vortito bipalio, terram cum stercore bene permisceto, depurgato ab herba graminibusque, bene terram conminuito. Areas facito pedes latas quaternos; subcavas facito, uti aquam continere possint; inter eas sulcos facito, qua herbas de areis purgare possis. Ubi areae factae erunt, semen serito crebrum, ita uti linum seri solet. Eo cribro terram incernito, dimidiatum digitum terram altam succernito. Id bene tabula aut manibus aut pedibus conplanato. Siquando non pluet, uti terra sitiat, aquam inrigato leniter in areas. Si non habebis unde inriges, gerito inditoque leniter. Quotiescumque opus erit, facito uti aquam addas. Si herbae natae erunt, facito uti ab herbis purges. Per aestatem ita uti dictum est fieri oportet, et ubi semen satum siet, stramentis operiri; ubi germinascere coeperit, tum demi.

152

De scopis virgeis, Q. A. M. Manlii monstraverunt. In diebus XXX, quibus vinum legeris, aliquotiens facito scopas virgeas ulmeas aridas, in asserculo alligato, eabus latera doliis intrinsecus usque bene perfricato, ne faex in lateribus adhaerescat.

153

Vinum faecatum sic facito. Fiscinas olearias Campanicas duas illae rei habeto. Eas faecis inpleto sub prelumque subdito exprimitoque.

154

Vinum emptoribus sine molestia quo modo admetiaris. Labrum culleare illae rei facito. Id habeat ad summum ansas IIII, uti transferri possitur. Id imum pertundito; ea fistulam subdito, uti opturarier recte possit; et ad summum, qua fini culleum capiet, pertundito. Id in suggestu inter dolia positum habeto, uti in culleum de dolio vinum salire possit. Id inpleto, postea obturato.

155

Per hiemen aquam de agro depelli oportet. In monte fossas inciles puras habere oportet. Prima autumnitate cum pulvis est, tum maxime ab aqua periculum est. Cum pluere incipiet, familiam cum ferreis sarculisque exire oportet, incilia aperire, aquam diducere in vias et curare oportet uti fluat. In villa, cum pluet, circumire oportet, sicubi perpluat, et signare carbone, cum desierit pluere, uti tegula mutetur. Per segetem in frumentis aut in segete aut in fossis sicubi aqua sonstat aut aliquid aquae obstat, id emittere, patefieri removerique oportet.

156

De brassica quod concoquit. Brassica est quae omnibus holeribus antistat. Eam esto vel coctam vel crudam. Crudam si edes, in acetum intinguito. Mirifice concoquit, alvum bonam facit, lotiumque ad omnes res salubre est. Si voles in convivio multum bibere cenareque libenter, ante cenam esto crudam quantum voles ex aceto, et item, ubi cenaveris, comesto aliqua V folia; reddet te quasi nihil ederis, bibesque quantum voles.

Alvum si voles deicere superiorem, sumito brassicae quae levissima erit P. IIII inde facito manipulos aequales tres conligatoque. Postea ollam statuito cum aqua. Ubi occipiet fervere, paulisper demittito unum manipulum, fervere desistet. Postea ubi occipiet fervere, paulisper demittito ad modum dum quinque numeres, eximito. Item facito alterum manipulum, item tertium. Postea conicito, contundito, item eximito in linteum, exurgeto sucum quasi heminam in pocillum fictile. Eo indito salis micam quasi ervum et cumini fricti tantum quod oleat. Postea ponito pocillum in sereno noctu. Qui poturus erit, lavet calida, bibat aquam mulsam, cubet incenatus. Postea mane bibat sucum deambuletque horas IIII, agat, negoti siquid habebit. Ubi libido veniet, nausia adprehendet, decumbat purgetque sese. Tantum bilis pituitaeque eiciet, uti ipse miretur, unde tantum siet. Postea ubi deorsum versus ibit, heminam aut paulo plus bibat. Si amplius ibit, sumito farinae minutae concas duas, infriet in aquam, paulum bibat, constituet. Verum quibus tormina molesta erunt, brassicam in aqua macerare oportet. Ubi macerata erit, coicito in aquam calidam, coquito usque donec conmadebit bene, aquam defundito. Postea salem addito et cumini paululum et pollinem polentae eodem addito et oleum. Postea fervefacito, infundito in catinum, uti frigescat. Eo interito quod volet cibi, postea edit. Sed si poterit solam brassicam esse, edit. Et si sine febre erit, dato vini atri duri aquatum bibat quam minimum; si febris erit, aquam. Id facito cotidie mane. Nolito multum dare, ne pertaedescat, uti possit porro libenter esse. Ad eundem modum viro et mulieri et puero dato. Nunc de illis, quibus aegre lotium it quibusque substillum est. Sumito brassicam, coicito in aquam ferventem, coquito paulisper, uti subcruda siet. Postea aquam defundito non omnem. Eo addito oleum bene et salem et cumini paululum, infervefacito paulisper. Postea inde iusculum frigidum sorbere et ipsam brassicam esse, uti quam primum excoquatur. Cotidie id facito.

157

De brassica Pythagorea, quid in ea boni sit salubritatisque. Principium te cognoscere oportet, quae genera brassicae sint et cuius modi naturam habeant. Omnia ad salutem temperat conmutatque sese semper cum calore, arida simul et umida et dulcis et amara et acris. Sed quae vocantur septem bona in conmixtura, natura omnia haec habet brassica. Nunc uti cognoscas naturam earum, prima est levis quae nominatur; ea est grandis, latis foliis, caule magno, validam habet naturam et vim magnam habet. Altera est crispa, apiacon vocatur; haec est natura et aspectu bona, ad curationem validior est quam quae supra scripta est. Et item est tertia, quae lenis vocatur, minutis caulibus, tenera, et acerrima omnium est istarum, tenui suco vehementissima. Et primum scito, de omnibus brassicis nulla est illius modi medicamento. Ad omnia vulnera tumores eam contritam inponito. Haec omnia ulcera purgabit sanaque faciet sine dolore. Eadem tumida concoquit, eadem erumpit, eadem vulnera putida canceresque purgabit sanosque faciet, quod aliud medicamentum facere non potest. Verum prius quam id inponas, aqua calida multa lavato; postea bis in die contritam inponito; ea omnem putorem adimet. Cancer ater, is olet et saniem spurcam mittit; albus purulentus est, sed fistulosus et subtus suppurat sub carne. In ea vulnera huiusce modi teras brassicam, sanum faciet; optima est ad huiusce modi vulnus. Et luxatum siquid est, bis die aqua calida foveto, brassicam tritam opponito, cito sanum faciet; bis die id opponito, dolores auferet. Et siquid contusum est, erumpet; brassicam tritam opponito, sanum faciet. Et siquid in mammis ulceris natum et carcinoma, brassicam tritam opponito, sanum faciet. Et si ulcus acrimoniam eius ferre non poterit, farinam hordeaceam misceto, ita opponito. Huiusce modi ulcera omnia haec sana faciet, quod aliud medicamentum facere non potest neque purgare. Et puero et puellae si ulcus erit huiusce modi, farinam hordeaceam addito. Et si voles eam consectam lautam siccam sale aceto sparsam esse, salubrius nihil est. Quo libentius edis, aceto mulso spargito; lautam siccam et rutam coriandrum sectam sale sparsam paulo libentius edes. Id bene faciet et mali nihil sinet in corpore consistere et alvum bonam faciet. Hanc mane esse oportet ieiunum. Et si bilis atra est et si lienes turgent et si cor dolet et si iecur aut pulmones aut praecordia, uno verbo omnia sana faciet intro quae dolitabunt. Eodem silpium inradito, bonum est. Nam venae omnes ubi sufflatae sunt ex cibo, non possunt perspirare in toto corpore; inde aliqui morbus nascitur. Ubi ex multo cibo alvus non it, pro portione brassica si uteris, id ut te moneo, nihil istorum usu veniet morbis. Verum morbum articularium nulla res tam purgat, quam brassica cruda, si edes concisam et rutam et coriandrum concisam siccam et sirpicium inrasum et brassicam ex aceto oxymeli et sale sparsam. Haec si uteris, omnis articulos poteris experiri. Nullus sumptus est, et si sumptus esset, tamen valetudinis causa experires. Hanc oportet mane ieiunum esse. Insomnis vel siquis est seniosus, hac eadem curatione sanum facies. Verum assam brassicam et unctam caldam, salis paulum dato homini ieiuno. Quam plurimum ederit, tam citissime sanus fiet ex eo morbo. Tormina quibus molesta erunt, sic facito. Brassicam macerato bene, postea in aulam coicito, defervefacito bene. Ubi cocta erit bene, aquam defundito. Eo addito oleum bene et salis paululum et cuminum et pollinem polentae. Postea ferve bene facito. Ubi ferverit, in catinum indito. Dato edit, si poterit, sine pane; si non, dato panem purum ibidem madefaciat. Et si febrim non habebit, dato vinum atrum bibat; cito sanus fiet. Et hoc siquando usus venerit, qui debilis erit, haec res sanum facere potest: brassicam edit ita uti S. S. E. Et hoc amplius lotium conservato eius qui brassicam essitarit, id calfacito, eo hominem demittito, cito sanum facies hac cura; expertum hoc est. Item pueros pusillos si laves eo lotio, numquam debiles fient. Et quibus oculi parum clari sunt, eo lotio inunguito, plus videbunt. Si caput aut cervices dolent, eo lotio caldo lavito, desinent dolere. Ei si mulier eo lotio locos fovebit, numquam miseri fient, et fovere sic oportet: ubi in scutra fervefeceris, sub sellam supponito pertusam. Eo mulier adsidat, operito, circum vestimenta eam dato.

Brassica erratica maximam vim habet. Eam arfacere et conterere oportet bene minutam. Siquem purgare voles, pridie ne cenet, mane ieiuno dato brassicam tritam, aquae cyathos II. Nulla res tam bene purgabit, neque elleborum neque scamonium, et sine periculo, et scito salubrem esse corpori. Quos diffidas sanos facere, facies. Qui hac purgatione purgatus erit, sic eum curato. Sorbitione liquida hoc per dies septem dato. Ubi esse volet, carnem assam dato. Si esse non volet, dato brassicam coctam et panem, et bibat vinum lene dilutum, lavet raro, utatur unctione. Qui sic purgatus erit, diutina valetudine utetur, neque ullus morbus veniet nisi sua culpa. Et siquis ulcus taetrum vel recens habebit, hanc brassicam erraticam aqua spargito, opponito; sanum facies. Et si fistula erit, turundam intro trudito. Si turundam non recipiet, diluito, indito in vesicam, eo calamum alligato, ita premito, in fistulam introeat; ea res sanum faciet cito. Et ad omnia ulcera vetera et nova contritam cum melle opponito, sanum faciet. Et si polypus in naso intro erit, brassicam erraticam aridam tritam in manum conicito et ad nasum admoveto, ita subducito susum animam quam plurimum poteris; in triduo polypus excidet. Et ubi exciderit, tamen aliquot dies idem facito, ut radices polypi persanas facias. Auribus si parum audies, terito cum vino brassicam, sucum exprimito, in aurem intro tepidum instillato; cito te intelleges plus audire. Depetigini spurcae brassicam opponito, sanam faciet et ulcus non faciet.

158

Alvum deicere hoc modo oportet, si vis bene tibi deicere. Sume tibi ollam, addito eo aquae sextarios sex et eo addito ungulam de perna. Si ungulam non habebis, addito de perna frustum P. S quam minime pingue. Ubi iam coctum incipit esse, eo addito brassicae coliculos duos, betae coliculos duos cum radice sua, feliculae pullum, herbae Mercurialis non multum, mitulorum L. II, piscem capitonem et scorpionem I, cochleas sex et lentis pugillum. Haec omnia decoquito usque ad sextarios III iuris. Oleum ne addideris. Indidem sume tibi sextarium unum tepidum, adde vini Coi cyathum unum, bibe, interquiesce, deinde iterum eodem modo, deinde tertium: purgabis te bene. Et si voles insuper vinum Coum mixtum bibere, licebit bibas. Ex iis tot rebus quod scriptum est unum, quod eorum vis, alvum deicere potest. Verum ea re tot res sunt, uti bene deicias, et suave est.

159

Intertigini remedium. In viam cum ibis, apsinthi Pontici surculum sub anulo habeto.

160

Luxum siquod est, hac cantione sanum fiet. Harundinem prende tibi viridem P. IIII aut quinque longam, mediam diffinde, et duo homines teneant ad coxendices. Incipe cantare: "Motas uaeta daries dardares astaries dissunapiter" usque dum coeant. Ferrum insuper iactato. Ubi coierint et altera alteram tetigerint, id manu prehende et dextera sinistra praecide, ad luxum aut ad fracturam alliga, sanum fiet. Et tamen cotidie cantato et luxato vel hoc modo: "huat haut haut istasis tarsis ardannabou dannaustra".

161

Asparagus quo modo seratur. Locum subigere oportet bene qui habeat humorem aut loco crasso; ubi erit subactus, areas facito, uti possis dextra sinistraque sarire, runcare, ne calcetur; cum areas deformabis, intervallum facito inter areas semipedem latum in omnes partes; deinde serito ad lineam palo, grana bina aut terna demittito et eodem palo cavum terrae operito; deinde supra areas stercus spargito bene; serito secundum aequinoctium vernum. Ubi erit natum, herbas crebro purgato cavetoque ne asparagus una cum herba vellatur; quo anno severis, sum stramentis per hiemem operito, ne praeuratur; deinde primo vere aperito, sarito runcatoque. Post annum tertium quam severis, incendito vere primo; deinde ne ante sarueris quam asparagus natus erit, ne in sariendo radices laedas. Tertio aut quarto anno asparagum vellito ab radice. Nam si defringes, stirpes fient et intermorientur. Usque licebit vellas, donicum in semen videbis ire. Semen maturum fit ad autumnum. Ita, cum sumpseris semen, incendito, et cum coeperit asparagus nasci, sarito et stercorato. Post annos VIII aut novem, cum iam est vetus, digerito et in quo loco posturus eris terram bene subigito et stercorato. Deinde fossulas facito, quo radices asparagi demittas. Intervallum sit ne minus pedes singulos inter radices asparagi. Evellito, sed circumfodito, ut facile vellere possis; caveto ne frangatur. Stercus ovillum quam plurimum fac ingeras; id est optimum ad eam rem; aliud stercus herbas creat.

162

Salsura pernarum ofellae Puteolanae. Pernas sallire sic oportet in dolio aut in seria. Cum pernas emeris, ungulas earum praecidito. Salis Romaniensis moliti in singulas semodios. In fundo dolii aut seriae sale sternito, deinde pernam ponito, cutis deorsum spectet, sale obruito totam. Deinde alteram insuper ponito, eodem modo obruito. Caveto ne caro carnem tangat. Ita omnes obruito. Ubi iam omnes conposueris, sale insuper obrue, ne caro appareat; aequale facito. Ubi iam dies quinque in sale fuerint, eximito omnis cum suo sale. Quae tum summae fuerint, imas facito eodemque modo obruito et conponito. Post dies omnino XII pernas eximito et salem omnem detergeto et suspendito in vento biduum. Die tertio extergeto spongea bene, perunguito oleo, suspendito in fumo biduum. Tertio die demito, perunguito oleo et aceto conmixto, suspendito in carnario. Nec tinia nec vermes tangent.

Made in the USA
Monee, IL
17 September 2021